认真地生活

——叶小平诗选

叶小平　著
叶梦雨　整理

ZHEJIANG UNIVERSITY PRESS
浙江大学出版社
·杭州·

图书在版编目（CIP）数据

认真地生活 / 叶小平著. -- 杭州 ：浙江大学出版社，2024. 12. -- ISBN 978-7-308-25731-2

Ⅰ. I227

中国国家版本馆CIP数据核字第2024PN6078号

认真地生活——叶小平诗选

叶小平　著　叶梦雨　整理

责任编辑　罗人智

责任校对　吴沈涛

封面设计　许　悦

出版发行　浙江大学出版社

（杭州市天目山路148号　邮政编码310007）

（网址：http://www.zjupress.com）

排　　版　杭州林智广告有限公司

印　　刷　杭州佳园彩色印刷有限公司

开　　本　880mm×1230mm　1/32

印　　张　6.25

字　　数　98千

版 印 次　2024年12月第1版　2024年12月第1次印刷

书　　号　ISBN 978-7-308-25731-2

定　　价　56.00元

父亲站在罗溪老家二楼阳台上，门前的枇杷树
是父亲小时候种下的。摄于 2017 年 5 月 21 日

年轻时的父亲（时年23岁）。摄于1979年11月

读书时的父亲（时年 26 岁）。1982 年摄于仙居

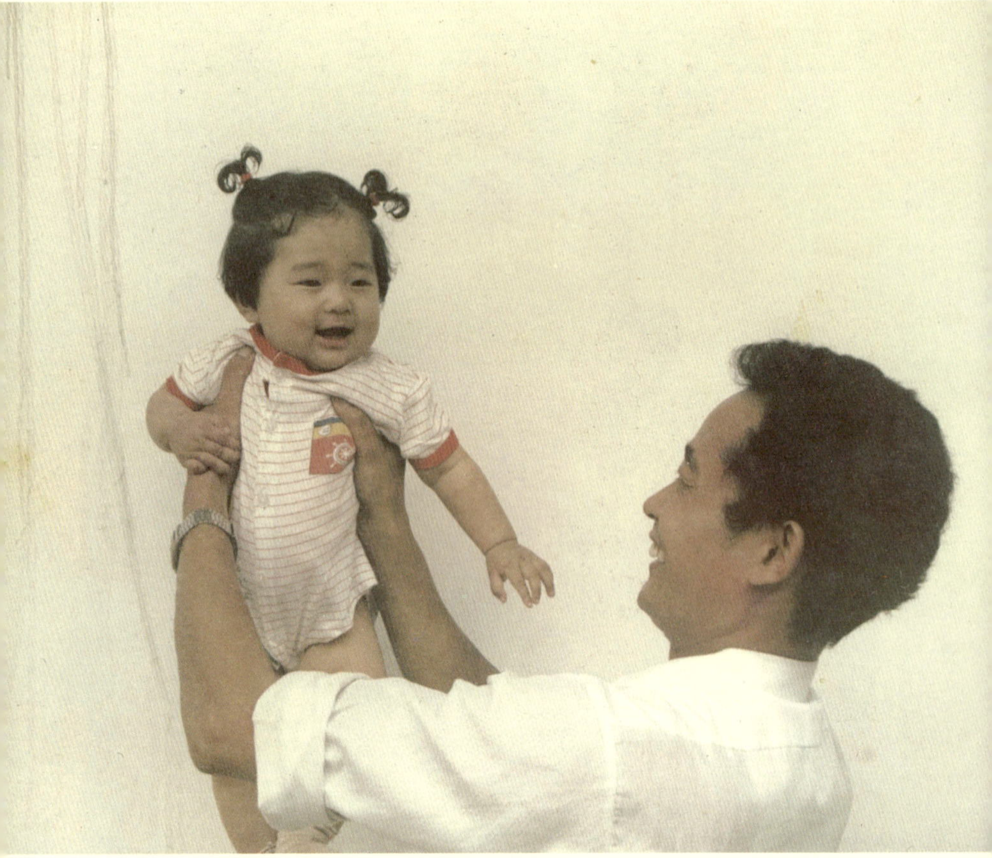

这是我跟父亲最早的一张合照（1989 年 8 月由徐乃华摄于桐庐火柴厂内）。2022 年 6 月 19 日父亲节这一天，我给父亲发了这张旧照片

2021 年 10 月 3 日，桐庐莪山乡戴家山村。那年国庆假期，我们一家人去桐庐一家叫做先锋云夕书店的网红书店玩。我看了一会书就开始拍照了。等我们拍完，发现父亲还没有出来，找了半天，父亲一直在看书。尽管周围人来人往，父亲就那么安安静静地站在那里翻阅书籍

父亲留下的一整箱关于农村生活的图画日记

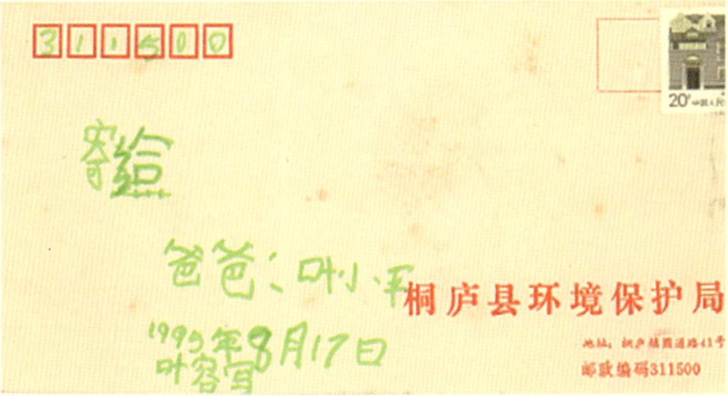

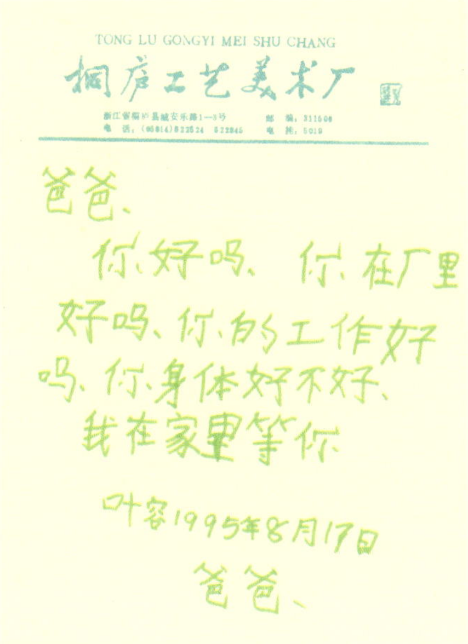
TONG LU GONGYI MEI SHU CHANG
桐庐工艺美术厂

爸爸、
你好吗、你在厂里好吗、你的工作好吗、你身体好不好、我在家里等你

叶容1995年8月17日
爸爸、

我小时候给父亲的贺卡和留言条，被父亲珍藏着

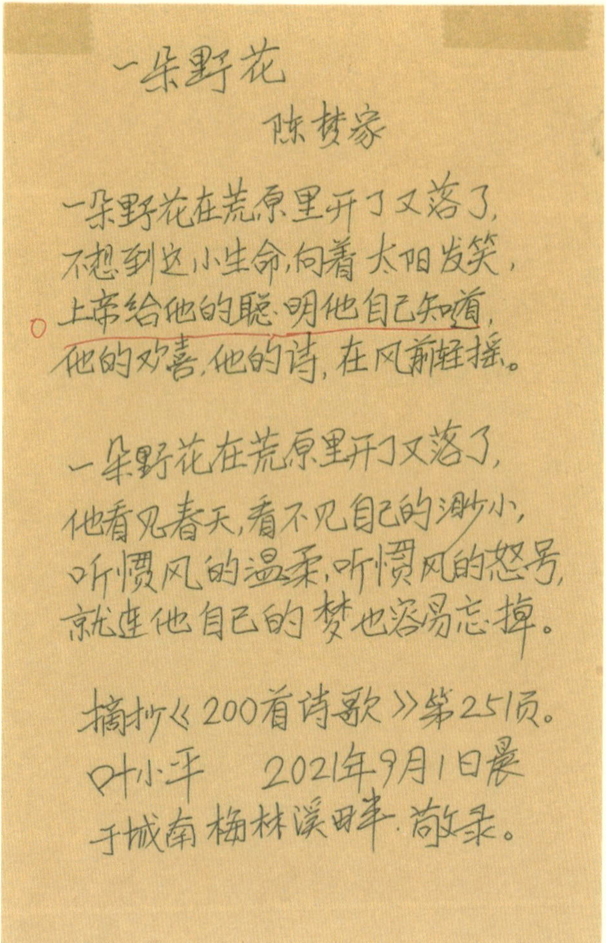
一朵野花
陈梦家

一朵野花在荒原里开了又落了，
不想到这小生命，向着太阳发笑，
上帝给他的聪明他自己知道，
他的欢喜，他的诗，在风前轻摇。

一朵野花在荒原里开了又落了，
他看见春天，看不见自己的渺小，
听惯风的温柔，听惯风的怒号，
就连他自己的梦也容易忘掉。

摘抄《200首诗歌》第25页。
叶小平 2021年9月1日晨
于城南楠林溪畔·简柔。

父亲抄陈梦家的诗《一朵野花》

序

舒羽

读完这本诗选，我心中涌起了万千思绪，而这些思绪最终归结为两个问题：一，对于叶小平来说，诗，意味着什么？二，对于我们来说，叶小平的诗，又意味着什么？

叶小平只读到小学五年级就失学了。他做农民，做工人，做厂长，但他从来没有放弃读书。在漫长的几十年中，他刻苦学习，通过了职业高中考试，获得了电大的大专语文自学考试文凭。他的工作是极为勤勉而辛苦的，但却永远保留了一块精神的后花园。他订阅《诗刊》《星星》《世界文学》和《读书》长达四十年，在繁忙的劳动之余，在稍得宽闲的家务之余，他一直都在读诗、写诗。他在拔秧之后写诗，他在出差途中写诗，他在爱人的产房里写诗，在女儿的摇篮边写诗。但他说自己写得不好，不是诗。

怎么就不是诗呢？但这个问题我们后面再说。叶小平一直感谢诗歌给他带来了安慰。也许我们可以说，带来了一种治疗。在现代关于身心的医学看来，诗歌的阅读和写作具有不可替代的治愈效果。而从亚里士多德开始，文学作品的净化功能就一直被强调。我们可以设想，在叶小平坚韧而努力的一生中，他几乎是在一种“嘤其鸣矣，求其友声”的状态中，跟不同时代的诗人建立了认同，获得了支持。在他狭窄到只有六平方米的个人空间里，在属于自己的午夜的宁静中，他开始读诗。日常生活给他带来的每天的疲惫、焦虑、苦痛，在他内心对诗的感应和移情中得到了释放。古今中外的诗的语言，以其优美的意象、和谐的韵律，给了他无可替代的特殊的安抚。在那一刻，他进入了别人的生活，进入了他人的灵魂，并由此带来一种回头打量自身的目光。

于是，在读诗的同时，他也在不断地写诗。作为一种自我凝视、自我倾诉的手段，他借助写诗，与自己每天的生活产生了奇妙的距离，获得了缓冲的纵深。他的眼睛在虚幻中投向了世界的真实，重新确认了早上菜场里老奶奶的蹒跚步履，确认了旷野中那棵树下抽烟的老爷爷的沉默，确认了骑车带着弟弟第一次进城的小女孩新鲜的眼神。他写道：“写作是我们观察世界的一种方式。”大千世界的一切都与他息息相关。他与路灯对话，他和故乡罗溪村的草木谈心，他摄下女儿小学入学考试时鼻尖上沁出的汗珠，录下父女二人在厚厚的雪地上踩下去的吱吱嘎嘎的声音，而且，关键是，他看到了自己和女儿在那个寂寥的雪天走过去的身影。他是悄然驻守在自己的文字里，进行这样的观察的。他跳出了寻常的自我，拥有了一种疏离的心态、一种超越的可能。通过一个个字词、一句句话语，他将自己日常生活中的酸、甜、苦、辣，加以收集、沉淀、过滤、升华。诗的书写变成了一种仪式，他借此来舒缓身心、交流事物、储存记忆，祈祷人与我、现在和未来。

这是一种毫无功利心的写作。他甚至都不是为了表现自我，仿佛只是用文字在一遍一遍地抚摸这个世界，在绝对私密的情况下。没有人知道他是个诗人，连他自己的家人都不是很清楚，他一直在写诗，写了那么多诗。早年他曾经向《诗刊》投过稿，没有被录用，也就到此为止。他认真读过美国女诗人狄金森的诗集，知道这位诗人在世的时候只发表过八首诗，却默默无闻地留下了一千八百首诗作。叶小平生平也只发表过不到八首诗，在县里的刊物上。后来有了短信、微信，他偶尔也给朋友转发自己写的诗句，只是代替生活中的感叹，并不为证明自己的什么。但是，恰恰就在他过世以后，他的女儿找到了父亲四十年里留下来的那么多诗稿，发现他一生的所思所想仍然以文字的形式存在着，而且鲜活如昨。这就使我想到，一个人可以通过写作，让自己再活一次，而且这一次是不会死去的，哪怕他真实的肉身已经遁入了虚无。刚刚去世的米兰·昆德拉，有一本小说《生活在别处》。其实，生活不在别的地方，而是就在文本中。就像现在，米兰·昆德拉整个的人生，就在《生命中不能承受之轻》《玩笑》《不朽》等小说里。而叶小平这个人，也就在这本诗选中。

我们面前的这本诗选的作者，他是一个诗人么？是的，肯定是，甚至比我们许许多多的诗人更是诗人。他满足了诗所要求于人的最高条件，那就是：我手写我口，我手写我心。我们承认，他写诗，不是用那种很高级的技巧，很复杂的形式，语言非常干净，表达非常朴实，有时候会有一点笨拙，有些许粗糙，但却有一种“明月直入，无心可猜”的率真和纯净。所以，我要回到开头所说的第二个问题：叶小平的这些诗，对于我们来说又意味着什么？毕竟他是一个籍籍无名的写作者，非常业余。不过，我们要知道，从古到今，真正的诗人从来都是以诗为志业，但不以诗为职业的。

所以，严格地说起来，没有哪一位诗人不是业余的。因为他自有主业，所以诗歌对作者而言，更是一种纯粹的需要。奥登说过，诗的功用无非是帮助我们更能欣赏人生。叶小平读诗，是借用别人的语言，照亮了自己的世界。我们读他的诗，是不是也在通过他的语言来重新打量世界，打量自身？我们读着叶小平的诗，看着这位农民，这位工人，这位厂长，这位丈夫和父亲，是怎样认真地生活，而且心是那么柔和，情是那么深厚，又那么寡言而善感。至于他的诗，我就用不着引了，哪怕一行。因为只要翻过几页，我们就可以直接面对一个真诚的灵魂，听他诉说。

2023 年 7 月 29 日

于桐庐旧县母岭

目录

—

第一辑

我们一家

—

—

第二辑

回罗溪村

—

第一辑

我们一家

摇篮

冬天洗尿布的脚盆，
夏天当摇篮，农家的小孩在这里眠困。
晋云，我的小侄女，
如今在摇篮中嚎，在不停地哼。
妈说我也曾在这只摇篮里，
度过幼时的光阴。
啊！我可爱的小侄女，
你安静地睡去呗！
我幼小的心，
还在你睡的盆底，
整个儿地还在这摇篮里。

1982.5.1

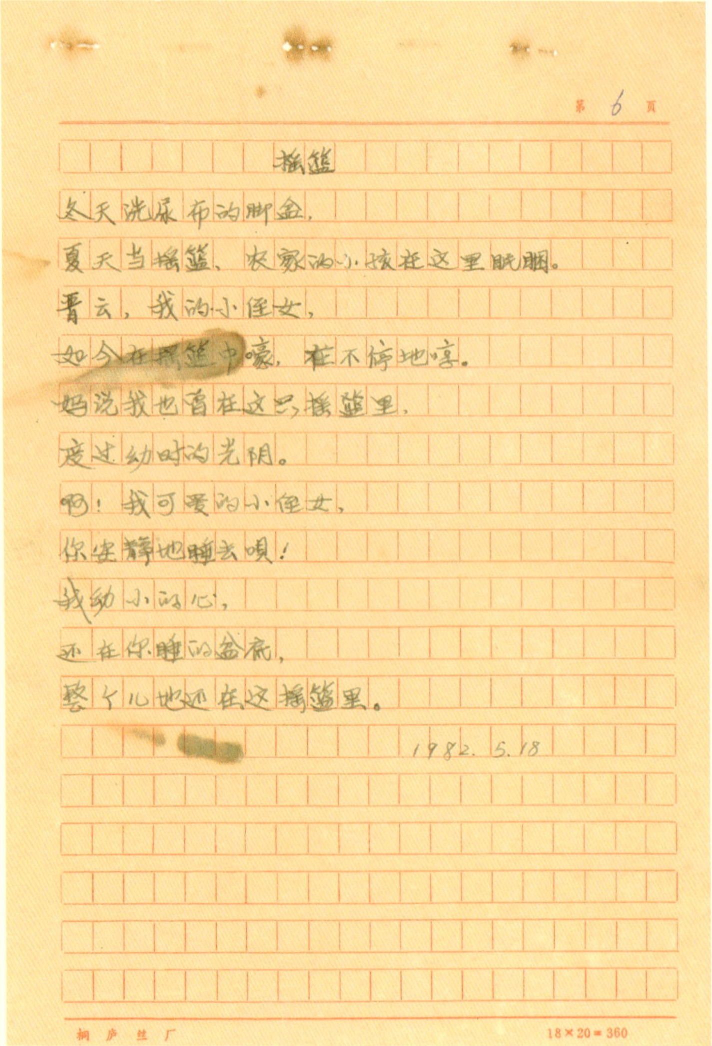

第 6 页

摇篮

冬天洗尿布的脚盆，

夏天当摇篮，农家的小孩在这里眠睏。

晋云，我的小侄女，

如今在摇篮中嚎，在不停地哼。

妈说我也曾在这只摇篮里，

度过幼时的光阴。

啊！我可爱的小侄女，

你安静地睡去呗！

我幼小的心，

还在你睡的盆底，

整个儿地还在这摇篮里。

1982. 5. 18

桐庐丝厂　18×20＝360

妈妈、我和镰刀的故事

妈妈，妈妈
那时我和你
很早很早就出门了

那时，露珠的梦还没有醒
我们醒着走过露珠的梦
（露珠的梦是美丽的
我们舍不得把她惊醒）

那样早，那样早
天还很黑的
天上的星只照耀它们自己
而我们是摸黑去的呀
虽然跌倒了几次
手中的镰刀却始终没有丢掉
那时我有些胆大了
但镰刀是万万不敢丢掉的啊
（我深怕妈妈失望）
我们要去收割灿烂的黎明

每一次，每一次
都是摸黑去的
一直挥镰刀拼命地收割
收割黑暗
收割朝霞
收割正午炽热的黄金
收割傍晚似锦的黄昏

不怕疲劳的是收割者
不怕黑暗的是收割者
就因为，就因为
那收割本身就有巨大的吸引

不知从哪时起，哪时起
妈妈不再带领我们
于是，我们就自己去收割了
仍然是摸黑、起早
起早、摸黑
仍然有摔跤的时候
但手中的镰刀总是握得紧紧

妈妈呀妈妈
你放心你的儿子吗？

1984.8.10

父亲的图画日记：挑柴，挑草

一瞬

你，递给我洁白的纸
因此，我触到了
你纤细的手指，依稀
触到了你的心
跳跃，滚烫
我骤然缩回
又后悔只有这短暂的一瞬
也许，真因为稀少
才因此而珍奇

1984.10.17 写，12.13 重抄

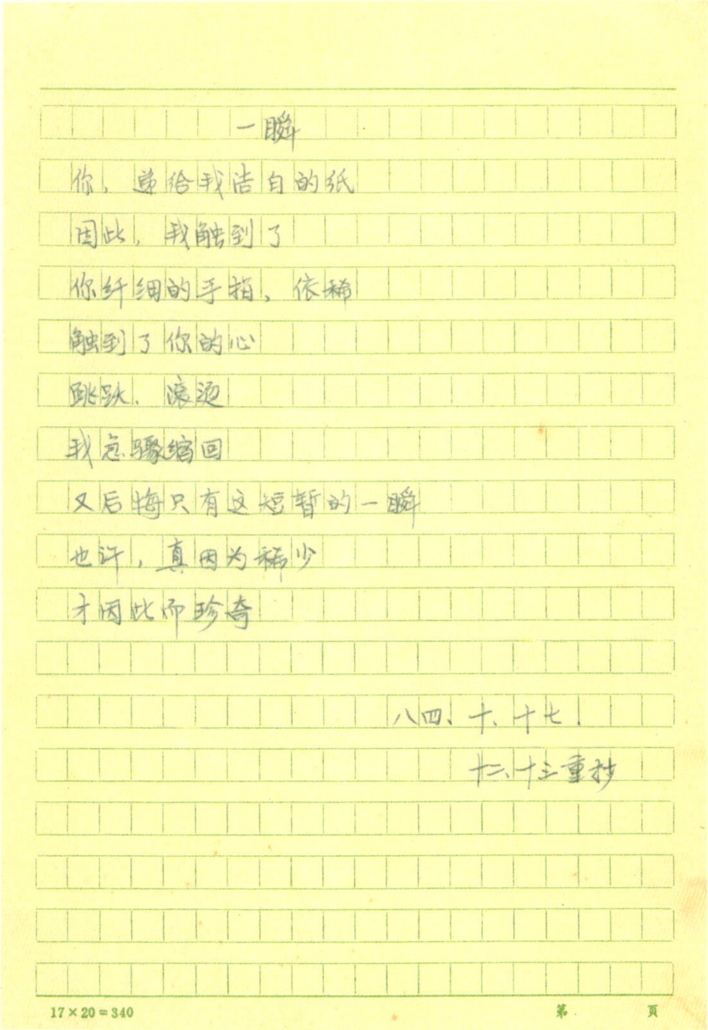

一瞬

你，递给我洁白的纸
因此，我触到了
你纤细的手指，依稀
触到了你的心
跳跃、滚烫
我忽骤缩回
又后悔只有这短暂的一瞬
也许，真因为稀少
才因此而珍奇

八四、十、十七
十二、十三重抄

17×20＝340 第 页

无题（其一）

我曾怨恨蜗牛般的时针
绞不尽创伤
让痛苦永驻我的心
我曾诅咒等待
难熬，犹如安息般的时辰
而那天的中午
却像闪电，照耀过我六平方的天地
闪电中，我看到一尊女神
端坐在我简陋的床头
还记得和我谈天的声音
感觉到她温热的呼吸
还有无法描述的眼神

而今，闪电过后
我在回忆和憧憬中
寻求光明

1984.12.10

一

无题

我曾怨恨蜗牛般的时针
绞不尽创伤
让痛苦永驻我的心
我曾诅咒等待
难熬，犹如安息般的时辰
而那天的中午
却象闪电，照耀过我六平方的天地
闪电中，我看到一尊女神
端坐在我简陋的床头
还记得和我谈天的声音
曾感觉过她温热的呼吸
还有无法描述的眼神

而今，闪电过后
我在回忆和憧憬中求光明

八四、十二、十

17×20=340　第　頁

我们的爱

那个雪天，为搀扶突然跌倒的儿童
匆匆赶路的我们有共同的反应、共同的举动
从此，风风雨雨总相遇在那条路
虽然，不知道你的名字，不知道你的工种
相逢的时辰总那么短暂而准确
相遇的眼光也总那么胆怯而匆匆
谁也不会知道我们心中的秘密
联络吗？我们自有心中的电波
这最后的防线至今没有冲破
最真挚最甜蜜的爱蕴藏在心中

1985.1.1

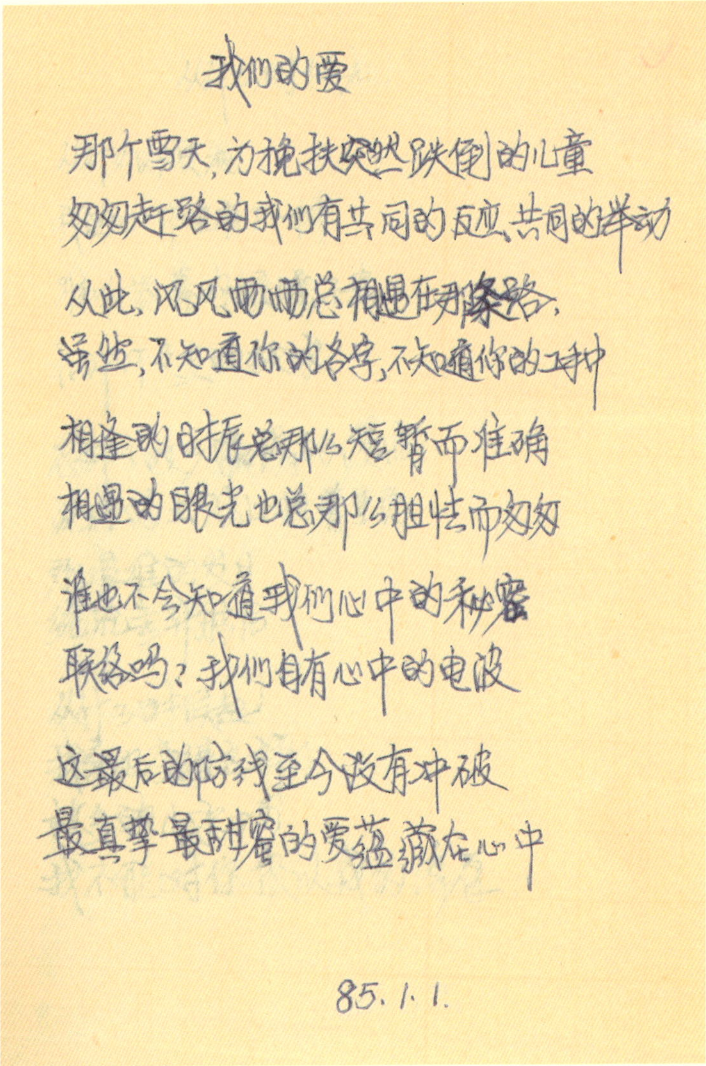
我们的爱

那个雪天，为搀扶突然跌倒的儿童
匆匆赶路的我们有共同的反应、共同的举动

从此，风风雨雨总相遇在那条路，
虽然，不知道你的名字，不知道你的工作

相逢的时辰总那么短暂而准确
相遇的目光也总那么胆怯而匆匆

谁也不会知道我们心中的秘密
联络吗？我们自有心中的电波

这最后的防线至今没有冲破
最真挚最甜蜜的爱蕴藏在心中

85.1.1.

我心中的你（组诗）

爱情是个古老而永远新鲜的谜，怎么也猜不出其中的奥秘。其实，它的谜底是我们自己。我们的生活、我们的思想、我们的性格，无形中决定着我们的爱情之路。无论怎么说，爱情是最盲目的，也是最清醒的。

你的身影

犹如童年就流进我记忆深处的，
故乡美丽的小溪，
溪中那条可爱的鱼，
游来游去总游在我的心里。

你的眼睛

我不知道你的名字，
却先熟悉了你的眼睛。
你的目光是一条独特的路，
我从那里走进了你的心灵。

你的话

你春雨般的话语，
叮叮咚咚落在我心里。
从此，我的心底，
清澈的泉水常流不息。

你的路

港湾里歇息不是我们的使命，
既然是船就该永远航行。
搏斗中开辟出宽阔的路，
狂风巨浪更显出我们的坚定。

1985.1.15 夜至凌晨

桐　叶

TONGYE

一九八五年第一期

我心中的你

叶小平

爱情是个古老而永远新鲜的谜，怎么也猜不出其中的奥秘。其实，它的谜底是我们自己。我们的生活、我们的思想、我们的性格，无形中决定着我们的爱情之路。无论怎样说，爱情是最盲目的，也是最清醒的。

　　你的身影

犹如童年就流进我记忆深处的，
故乡美丽的小溪，
溪中那条可爱的鱼，
游来游去总游在我的心里。

　　你的眼睛

我不知道你的名字，
却先熟悉了你的眼睛。
你的目光是一条独特的路，
我从那里走进了你的心灵。

　　你的话

你春雨般的话语，
叮叮冬冬落在我心里。
从此，我的心底，
清澈的泉水常流不息。

　　你的路

港湾里歇息不是我们的使命，
既然是船就该永远航行。
搏斗中开辟出宽阔的路，
狂风巨浪更显出我们的坚定。

· 20 ·

我总是沉默

你说
我用功、刻苦
我沉默

你说
我的时间宝贵
可我为你干事心里快活
我没有用甜蜜的言语说
我沉默

你递给我
你洁白的手绢
我啊不敢玷污
你一定生气了
我不想解说
我沉默

你来时的欢愉
去时的寂寞
心中有欢乐的小河

也有死水般的痛哭
但我还是沉默

沉默呵，沉默
如果能让我的沉默
衬托你的欢乐
这种沉默也算是一种幸福

那么我就永远沉默

1985.10.11

细语

我是不会变心的。
就是不会变！

大理石
雕成塑像；

铜
铸成钟；

而我这个人，
是用忠诚筑造的。

即是破了，碎了，
我片片都是忠诚。

1986

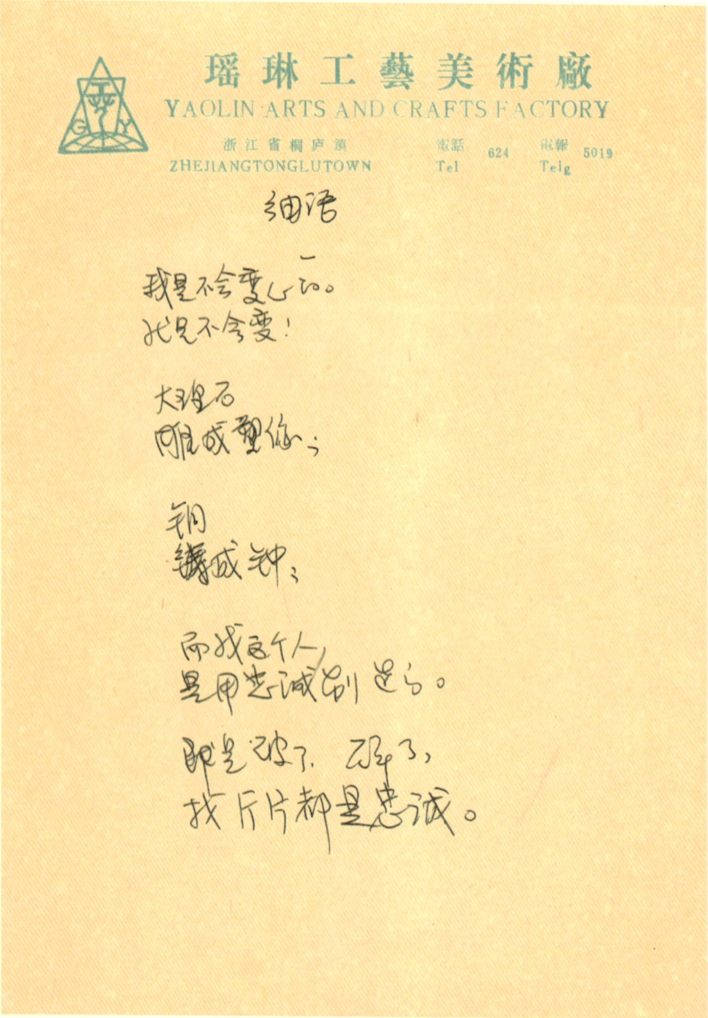

瑶琳工藝美術廠
YAOLIN ARTS AND CRAFTS FACTORY
浙江省桐庐镇 ZHEJIANGTONGLUTOWN 電話 Tel 624 電報 Telg 5019

细语

一

我是不会变心的。
就是不会变！

大理石
雕成塑像；

铜
铸成钟；

而我这个人，
是用忠诚制造的。

即使破了，碎了，
我片片都是忠诚。

黄昏时分

总是惦记着，有一双眼睛
一定在顾盼
有一辆旧“飞鸽”车
载回一个宁静的黄昏

而惦记是一回事，被临下班打扰的电话又是另一回事
那“飞鸽”牌班车
总是误点、误点、误点
仍然脱班、脱班、脱班

于是，那一双顾盼的眼睛
不得不注视夕阳中的路
因为路上行人如蚁
且不愿看人家的班车总是准点而满载

而我总是惦着，也仅止于惦着
当推开那扇装在走廊上的厨房门
所有的顾盼和惦念已成为记忆
而每天的重复和希冀一样悠长

听夕阳的歌声远去
黄昏时那一锅饭和几碗菜
亦是夕阳的清香
谁也没有提起，曾有一种惦念，一种顾盼

即使听那怨言也是一种享受
妻子，每个妻子都有一种依靠
能感受到妻子的需要，得不到时的哀伤
是每个丈夫的荣幸

这就是一九八九年一月二十六日的黄昏
说不上是美丽还是忧伤
反正在脑海中如伤口一样深刻
在桐庐镇安乐路 139 号这地方

1989.1.26，17 时 30 分

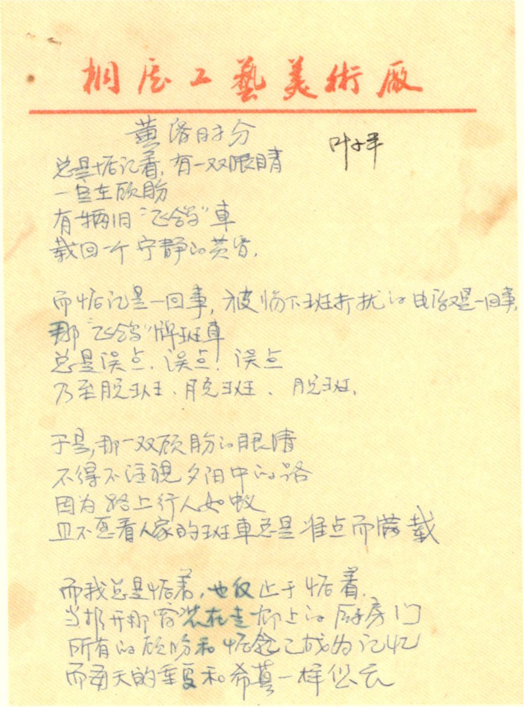
桐庐工艺美术厂

黄昏时分　叶子

总是惦记着，有一双眼睛
一直在顾盼
有辆旧"飞鸽"車
载回一个宁静的黄昏，

而惦记是一回事，被临下班打扰的日子是一回事
那"飞鸽"牌班車
总是误点，误点！误点
乃至脱班、脱班、脱班，

于是，那一双顾盼的眼睛
不得不注视夕阳中的路
因为路上行人如蚁
且不愿看人家的班車总是准点而满载

而我总是惦着，也仅止于惦着，
当推开那窗花在走廊上的厨房门
所有的顾盼和惦念已成为记忆
而每天的黄昏和希冀一样似云

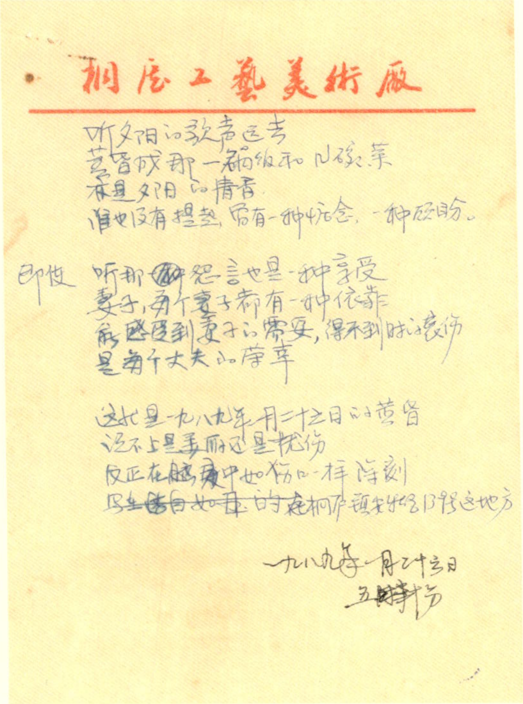
桐庐工艺美术厂

听夕阳的歌声远去
黄昏成那一碗饭和几碟菜
本是夕阳的清香
谁也没有提起，只有一种惦念，一种顾盼。

即使　听那些怨言也是一种享受
妻子，每个妻子都有一种依靠
那感受到妻子的需要，得不到时的哀伤
是每个丈夫的幸事

这就是一九八九年一月二十六日的黄昏
说不上是幸福还是忧伤
反正在脑海中如伤口一样深刻
的在桐庐头半年的日子里这地方

一九八九年一月廿六日
[illegible]

我、我的妻子和女儿

1989 年 2 月 22 日 23 点 50 分
桐庐人民医院产房
亚萍，我的妻子
在撕裂的痛苦中
分娩出我们的女儿
4200 克的重量
预示着将会有一个强劲的体魄
还有浓黑的发
仿佛已是周岁的孩儿
甚至有些人一生也没有那么黑的头发
甚至浓黑的眉毛
似乎生来与男子比勇敢

这时候，亚萍和我
心情都是愉悦着
因为我们的爱
也为世界创造了未来

于是，就有我的朋友和亚萍的同事
陆陆续续
带来真诚的祝贺

207 房间的第 32 号病床上
亚萍静静地躺着
在好友们的探望和时间的流逝中
让创痛渐渐愈合

于是，我每天就在这医院里
用我的粗大的手服侍亚萍
料理我们的女儿
鸡蛋、核桃肉、米饭、鲫鱼
我的烹调技术是最差的
但亚萍吃了都很可口
看来吃的胃口和缘分也有关系

给女儿吃苦的“希黄”
这是传统的做法
我们生活在传统与现实的夹缝
有时什么都参照一点
随后可以给她吃母乳化奶粉
冲入葡萄糖
女儿吃时胃口很大
吃出很响的声音
有时连奶瓶的头都吸得干瘪下去
这是我的秉性
会吃会干活吗？

回家时和爸妈说
生了一个孙女
爸说叶氏家族女子成材比男的多
取名字也要有所寓意和寄托
他说男与女都一样
一样的血脉贯通
一样的能作能为

我想得很是单纯
要教育我们的孩子
尽自己的能力
做有益于社会的事情
可以做个医生或者教师
做个翻译，或者能爱好书法或文学
总之，做一个堂堂正正的人

我知道这一切都是生活
历史正在过去
我的思想却会永存
过多少年我女儿也能看懂
也许领会比我更加深刻

1989.2.26 夜十二时于 207 房 32 床

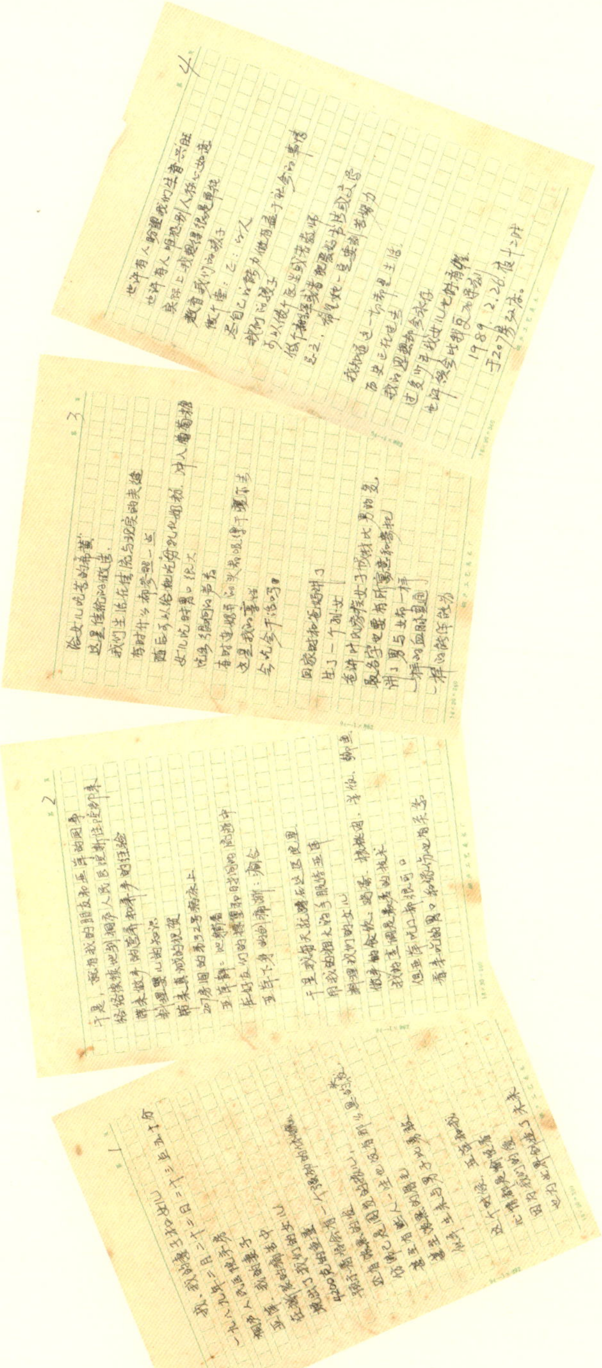
我、我的妻子和女儿
一九八九年二月二十二日二十三点五十分
桐庐人民医院产房
亚萍，我的妻子
在漫长的痛苦中
娩出了我们的女儿
4200克的重量
预示着将会有一个强劲的体魄
还有浓黑的发
仿佛已是周岁的孩儿
甚至有些人一生也没有那么黑的发
甚至浓黑的眉毛
似乎生来与男子比勇敢
这个时候，亚萍和我
心情都是愉悦着
因为我们的爱
也为世界创造了未来

于是，就有我的朋友和亚萍的同事
络绎不绝地到桐庐人民医院新住院部来
带来做产的营养和养子的经验
料理婴儿的知识
带来真诚的祝贺
207房间的第32号病床上
亚萍静静地躺着
在好友们的探望和时间的流逝中
亚萍下身的阵痛消逝：痛念

于是我每天抚睡在这医院里
用我的粗大的手服侍亚萍
料理我们的女儿
做产的食饮：鸡蛋、桂圆、米饭、鲫鱼
我的烹调是最差的技术
但亚萍吃口都很可口
看来吃的胃口和伤口也有关系

给女儿吃苦的黄连
这是传统的做法
我们生活在传统与现实的夹缝
有时什么都要想一些
随后可以给她吃母乳代奶粉，冲入葡萄糖
女儿吃时胃口很大
吮吸很响的声音
有时连妈妈的奶头都吸得干瘪不去
这是我的幸福
会吃会干活吗

回家时和爸妈讲了
生了一个孙女
也许以前农村女孩比男的差
取名字也要有所寓意和寄托
讲了男与女都一样
一样的血脉里流
一样的能干能劳

也许有人盼望我们生育兴旺
也许有人唱起别人称心如意
实际上我想得很是单纯
教育我们的孩子
做个堂堂正正的人
尽自己的能力做有益于社会的事情
我们的孩子
可以做个医生或者教师
做个翻译或者做最好书法或文学
总之，希望她一直要刻苦努力

我知道这一切都是生活
历史已在延续
我的思想却会永存
过多少年我女儿也许有些
也许她会比我更加深刻
1989.2.26.夜十二时
于207房32床。

心境

躺在 32 号病床上
听邻床的女人们的聒噪
对生男娃的孕妇和婴儿的赞美
是这样的一种滋味
我理解亚萍的心境

实际上我的目光
看着我的女儿
心里在想
凭我女儿这降生五天生就那沉思的模样
将来一定会很有毅力
当我从内心的幸福中抬起头来
亚萍的目光和我的目光
融在了一起
连同此时的心境

89.2.27 晚 11 时

第　　页

心境

躺在32号病床上
听邻床的女人们的聒噪
对生男娃孕妇和婴儿的赞美
是这样的一种滋味
我理解亚萍的心境

实际上我的目光
看着我的女儿
心里在想
凭我女儿这降生五天生就那沉思的模样
将来一定会很有毅力
当我内心幸福地抬起头来
亚萍的目光和我的目光
碰在了一起
连同此时的心境

89.2.27.晚十一时

18×20=360　　桐庐工艺美术厂

岁月

女儿酣睡着
均匀的呼吸
放松的眉头
一张天真无邪的脸

床头的台灯
无忧无虑地映照
母亲的手臂护卫着
女儿的酣睡
父亲在写一天的日记

1989.5.31.夜 12 时

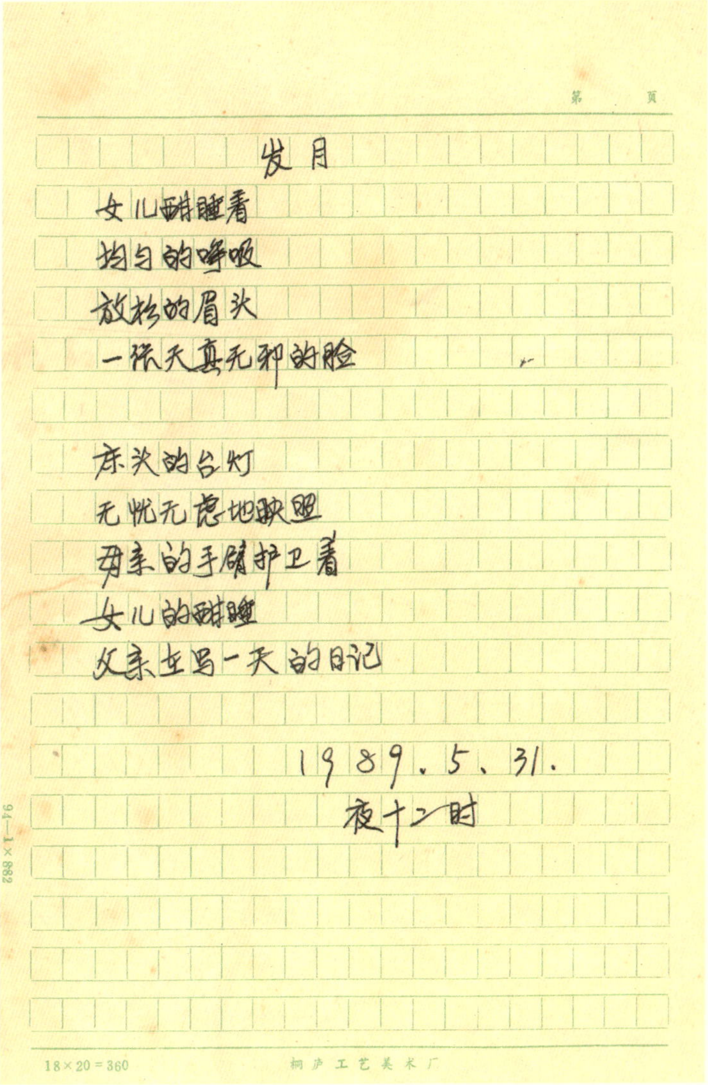

第 页

岁月

女儿酣睡着
均匀的呼吸
放松的眉头
一张天真无邪的脸

床头的台灯
无忧无虑地映照
母亲的手臂护卫着
女儿的酣睡
父亲在写一天的日记

1989.5.31.
夜十二时

94—1×882

18×20=360　桐庐工艺美术厂

容容起得早

小容容，起得早，
我们来到路旁看热闹
拖拉机啪啪响，
汽车呜呜跑，
带露的蔬菜赶早市，
芳香的水果成担挑

熟悉的大嫂、阿姨向我们看，
夸奖容容头发好，
称赞容容起得早，
容容眯着眼睛笑啊笑

看呀看，听呀听，笑呀笑，
我们容容起得早，
世上人民都勤劳，
容容从小受熏陶

1989.7.13 晨

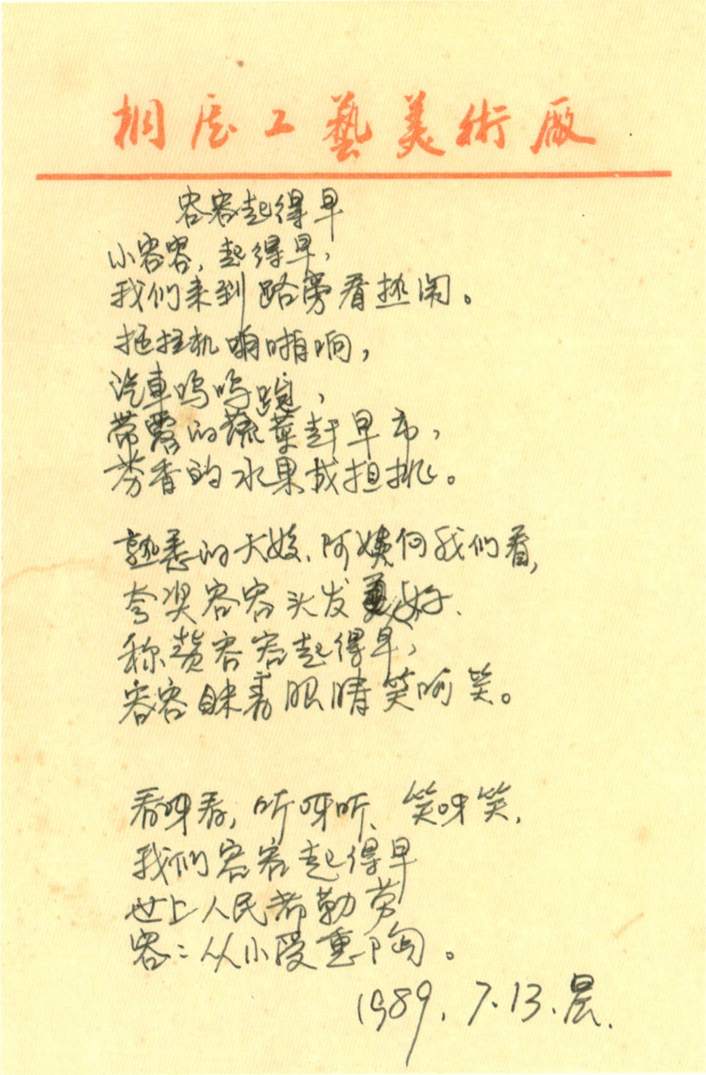
桐庐工藝美術廠

容容起得早

小容容，起得早，
我们来到路旁看热闹。
拖拉机啪啪响，
汽車呜呜跑，
带露的蔬菜赶早市，
芳香的水果找担挑。

勤劳的大嫂、阿姨向我们看，
夸奖容容头发好、
称赞容容起得早，
容容眯着眼睛笑呵笑。

看呀看，听呀听，笑呀笑，
我们容容起得早
世上人民都勤劳
容容从小受熏陶。

1989.7.13.晨.

想念

想念的手很长很长
能摘任何一个幸福的果

1989.8.16 亚萍、叶容在外婆家

1989.08.20 重抄

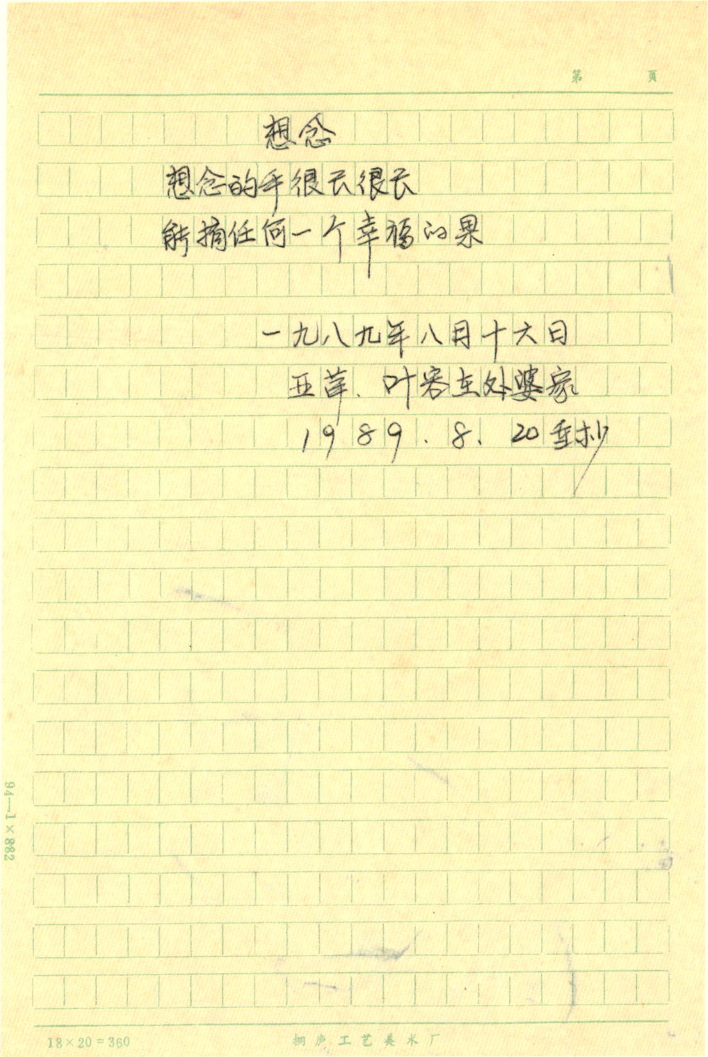

第　页

想念

想念的手很长很长

能摘任何一个幸福的果

一九八九年八月十六日

亚萍、叶容在外婆家

1989.8.20 重抄

94—1×882

18×20=360　　桐庐工艺美术厂

我们的心

容容啊
你的哭声
使夜的宁静破裂
你的脚心和手心
那么发烫
而你的哭声啊
揪着我们的心

1989.8.19 夜
容容因 18 日打卡介苗反应而发热

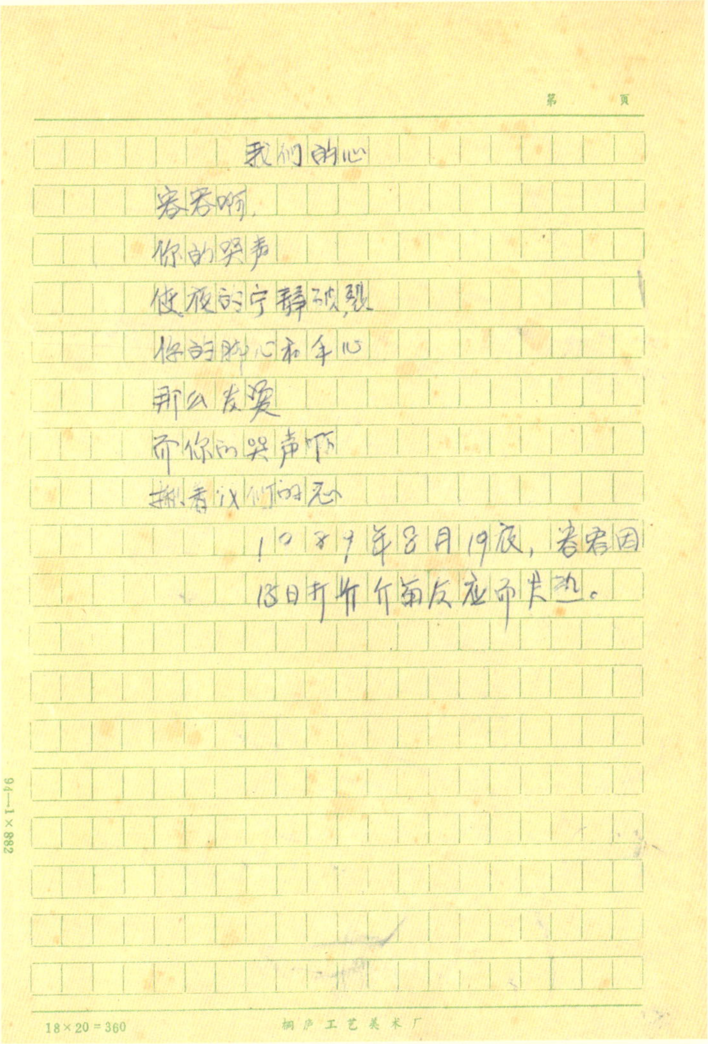
第　页

我们的心

蓉蓉啊，
你的哭声
使夜的宁静破裂
你的脚心和手心
那么发烫
而你的哭声啊
揪着我们的心

1987年8月19夜，蓉蓉因18日打卡介苗反应而失眠。

94—1×882

18×20=360　桐庐工艺美术厂

回家有感

1992 年 2 月 29 日早去杭州，为省基地公司办理PC-382-A 穿衣样，PC-382-B 白样，PC-382-C 黑白样的商检之事。中午 11:30 乘出租车去沪，当晚住上海虹桥宾馆 7011 室，3 月 1 日去虹江码头路 1 号钱塘公司仓库看了货，当晚住工人大厦 709 室，今早 8 点去省商检，终因纸箱、塑袋、CE标志质量等原因未能办好放行，悻悻而归……

三天，多么短暂的一瞬
回到家，那么恬静和新鲜
红的窗帘，雪白的台布
桔黄色的家具，宁静的床
妻子欣慰的笑
热茶，比茶更爽心的语言
阳台上一挂女儿洗净的衣服
幼儿园里的女儿
这一切都是那么的亲切
三天，这短暂一瞬的离别
一切都是那么明丽而新鲜了

1992.3.2 下午二点

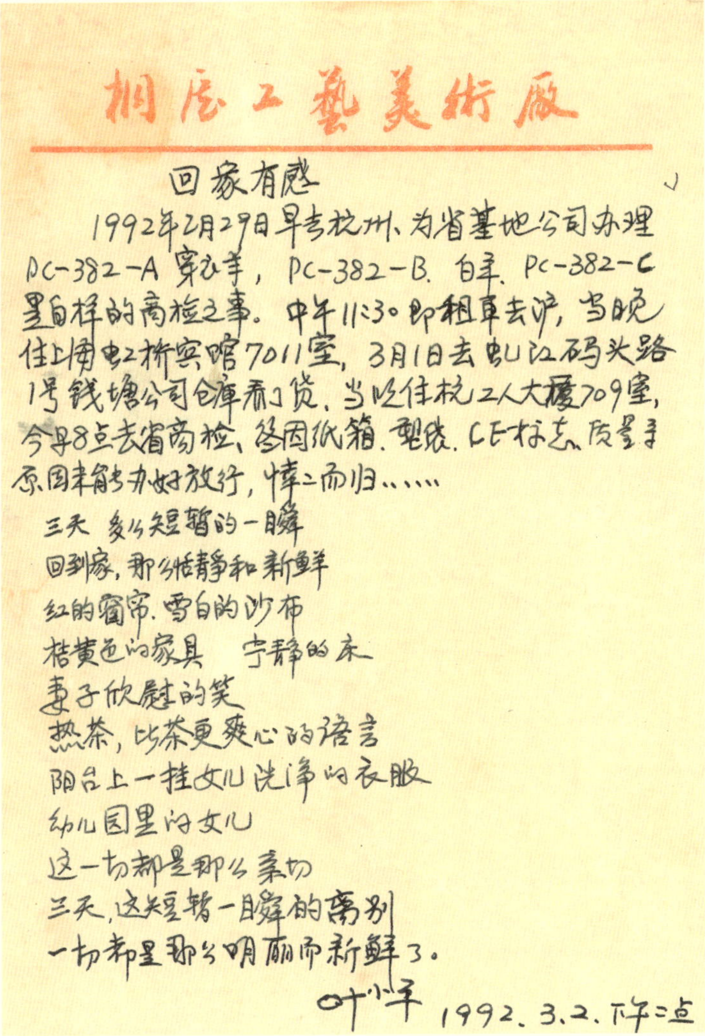

桐庐工艺美术厂

回家有感

1992年2月29日早去杭州，为省基地公司办理PC-382-A 穿衣羊，PC-382-B. 白羊. PC-382-C 黑白样的商检之事。中午11:30即租车去沪，当晚住上海虹桥宾馆7011室，3月1日去虬江码头路1号钱塘公司仓库看了货，当晚住杭工人大厦709室，今早8点去省商检，终因纸箱、塑袋、CE标志、质量等原因未能办好放行，悻悻而归……

三天 多么短暂的一瞬
回到家，那么恬静和新鲜
红的窗帘，雪白的沙布
桔黄色的家具　宁静的床
妻子欣慰的笑
热茶，比茶更爽心的语言
阳台上一挂女儿洗净的衣服
幼儿园里的女儿
这一切都是那么亲切
三天，这短暂一瞬的离别
一切都是那么明丽而新鲜了。

叶小平　1992.3.2.下午二点

你的眼睛

——献给母亲

从清晨的露珠
到深夜的星星；
我处处见到
你明亮的眼睛。

我时时用你的目光
雕塑自己。

1993.8.3

1982 年 10 月，父亲与祖母，于罗溪旧居门前。父亲时年 26 岁

下午和亚萍同去二小为叶容报名

今天是 1995 年 6 月 25 日
在初夏大雨放晴的下午
我和亚萍带着叶梦雨
带着我们八岁的女儿
带着我们的未来和希冀
到桐庐镇二小去报名

校长龚带娣
给一份报名表
我们认真填写，十分仔细
叶梦雨，认真做入学考试
填 50 个阿拉伯数，写 20 个汉字
画一幅画，还要算术的口试
梦雨的画，一幅完整的构思

一场面试，
鼻尖上沁出了汗珠
梦雨，报了小学的名
又要开始新的历程

1995.6.25 晚

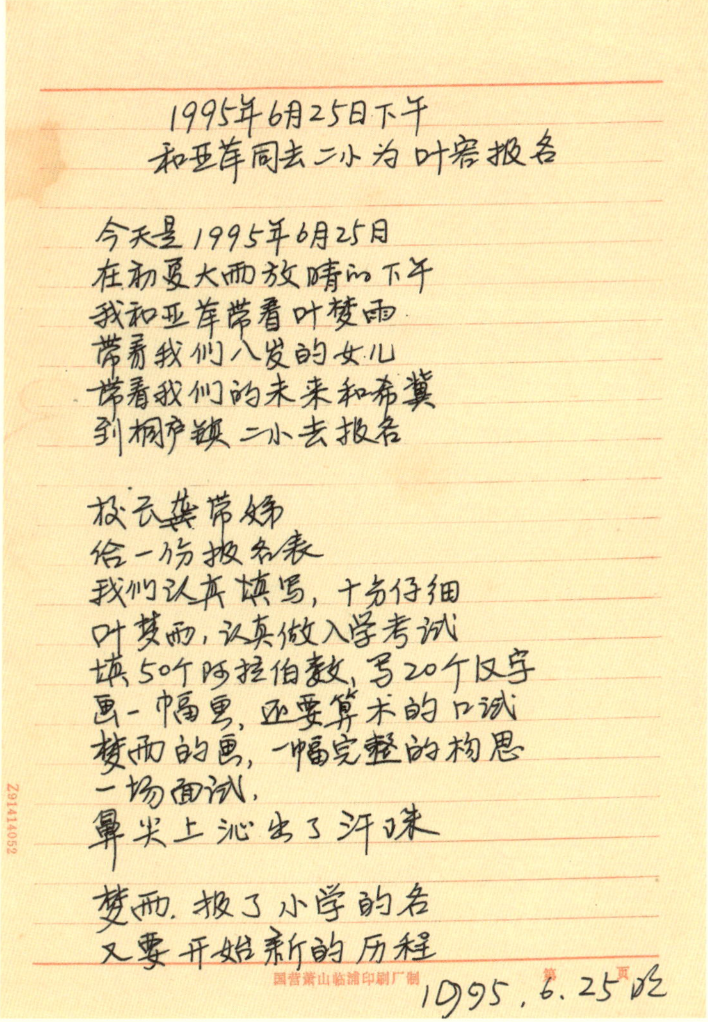
1995年6月25日下午
和亚萍同去二小为叶容报名

今天是1995年6月25日
在初夏大雨放晴的下午
我和亚萍带着叶梦雨
带着我们八岁的女儿
带着我们的未来和希冀
到桐庐镇二小去报名

校长英带娣
给一份报名表
我们认真填写，十分仔细
叶梦雨，认真做入学考试
填50个阿拉伯数，写20个汉字
画一幅画，还要算术的口试
梦雨的画，一幅完整的构思
一场面试，
鼻尖上沁出了汗珠

梦雨，报了小学的名
又要开始新的历程

1995.6.25晚

Z91414052
国营萧山临浦印刷厂制 第 页

偶感

1996 年 4 月 27 日上午，
初春的周末，
滨海城市的天空，
晴朗而亮丽。
空气新鲜，生命的鱼呼吸自如，
湿度和温度，正适合身体。

我住的地方叫段塘，
这个旅社依地而名为段塘旅社。
三楼面南，3 号 4 房，40 元一天，
这物价飞涨的年代，
算是便宜了。

有一张小长桌，虽油漆斑驳。
但很平整，且临窗，正适合看书、写字，
我算了迪欣玩具的账，
准备下午去结算。

遥望富春江边，我女儿和她妈妈，
也快准备吃中饭了吧？

1996.4.27 于宁波段塘

这是最美好的时光

——应女儿梦雨而写

这是最美好的时光
我在外面奔波了一天
回到这宁静的家
亚萍烹调的蔬菜豆腐
在暖锅中喧闹着
是那么新鲜，那么香气扑鼻
梦雨，我们的女儿
在阳台的桌上
认真专注地做着学校布置的作业
台灯桔黄色的光芒
洒满在那小小的圆桌上

这是我们的家
这是冬日的黄昏
迎宾路上的宿舍里
一户很普通的人家
这是最美好的时光
是对我们一天认真生活的报答

1997.1.16 傍晚

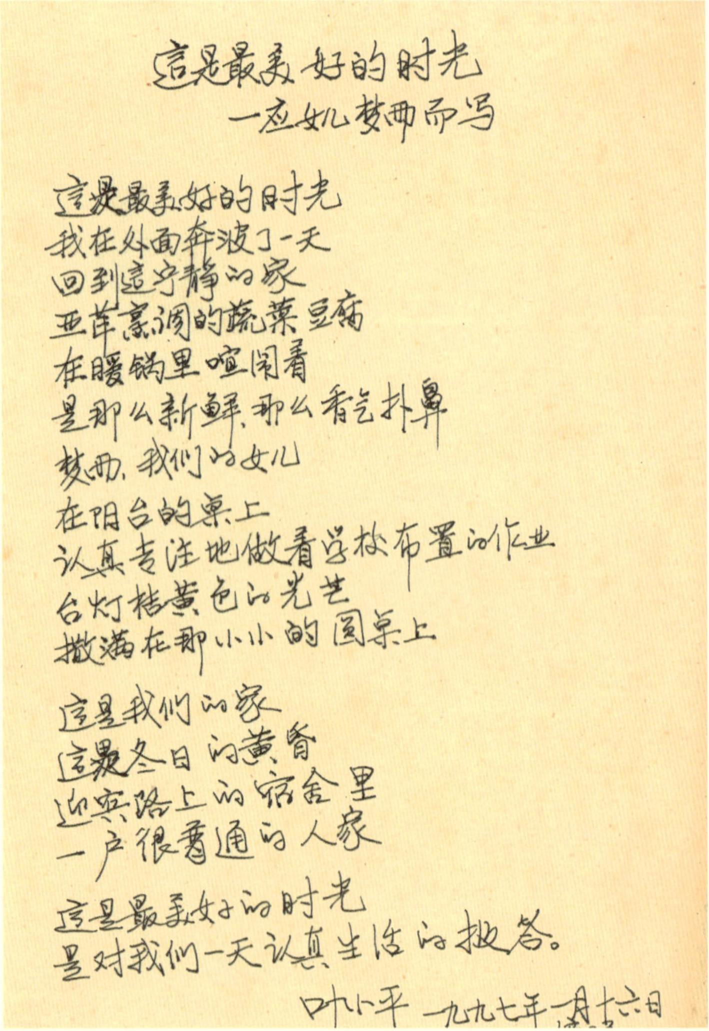

這是最美好的时光

——应女儿梦西而写

這是最美好的时光
我在外面奔波了一天
回到這安静的家
西芹豪阔的蔬菜豆腐
在暖锅里喧闹着
是那么新鲜，那么香气扑鼻
梦西，我们的女儿
在阳台的桌上
认真专注地做着学校布置的作业
台灯桔黄色的光芒
撒满在那小小的圆桌上

這是我们的家
這是冬日的黄昏
迎宾路上的宿舍里
一户很普通的人家

這是最美好的时光
是对我们一天认真生活的报答。

叶小平 一九九七年一月十六日

回忆故乡的那场大雪

大清早，天地一片纯静
我们的女儿却已醒来
于是，我们一起行走在
故乡的雪地上

走过村前的溪坎和田埂
走过前山的小路、后山的沟渠
渠上的小桥，小桥上的雪
那清脆响亮的声音，体现了温柔的厚度

旷野上，寂寥的春节
我们父女二人的身影
故乡那场丰厚的大雪
是多么纯静和美好

2002.4.27 夜

父亲的农村生活日记：雪中砍柴，荷花坪顶上

我们一家

我们一家，三口人
住在桐庐县城的迎宾路
我叫叶小平，快近天命之年
没有觉今是，却深感昨非
所以，在自己小小的玩具公司
从早到晚，做着一件一件细琐的事
自己看来却也无比伟大
因为那是我的安身立命之本
看得与生命一样重要

妻子李亚萍，从贫苦的农村出来
走进过严州师范，走进过九岭中学
后来又走进了政府机关——环保局
她关心着住在大脉地的年迈的母亲
和远在厦门的忠厚的弟弟
关心着自己的丈夫是否能挣到钱
更关心女儿的学习和生活

女儿叶梦雨，桐中高一刚读好
成绩可以升高二文科重点班
今天上午和原来的同学戴莉莉一起
在我厂里给包装圣诞帽的塑料袋贴标签
下午回家，现在在网上看韩国电影

窗外，朦胧的黄昏中酷热升腾
隔着一层厚厚的玻璃，室内冷气充盈
我在喝冰啤酒，看《南方周末》
然后，又写了这两页，想到的一些话语
时间不可以存留
思想会转瞬即逝
写下的文字却可以见证
若干年后看到，恍如昨日

2005.7.8

永久的祝福

——为人父者言及其他

一只发着银色光辉的波音 737
一个会思想的飞行器
轰鸣着，从万丈高空
载我，飞向遥远的美利坚

着陆、滑行、停稳，我急速走出机舱
那是一个新的世界吗？
有熟识的亲人相迎
犹如我熟识的女儿
在这陌生的国土上

行走，随着四轮的驱动
尽管窗外的景色辽阔而亮丽
我终于理解了世界上最珍贵的风景
其实还是久别重逢

对于女儿抑或是儿子
我永远是一个旁观者
她们一定有属于她们的世界
有自己的向往

2018.2.28 晚—3.12 凌晨

父亲节致女儿

2022 年 6 月 19 日上午，女儿发来年幼时照片，并贺父亲节有感！

年轻的，健壮有力的
父亲的手！
充满对未来世界惊奇的、喜悦的
女儿的眼睛！

父亲的双手
把女儿举得很高，很高
很高……
也许，因此：
女儿可以
看得很远，
走得更高！

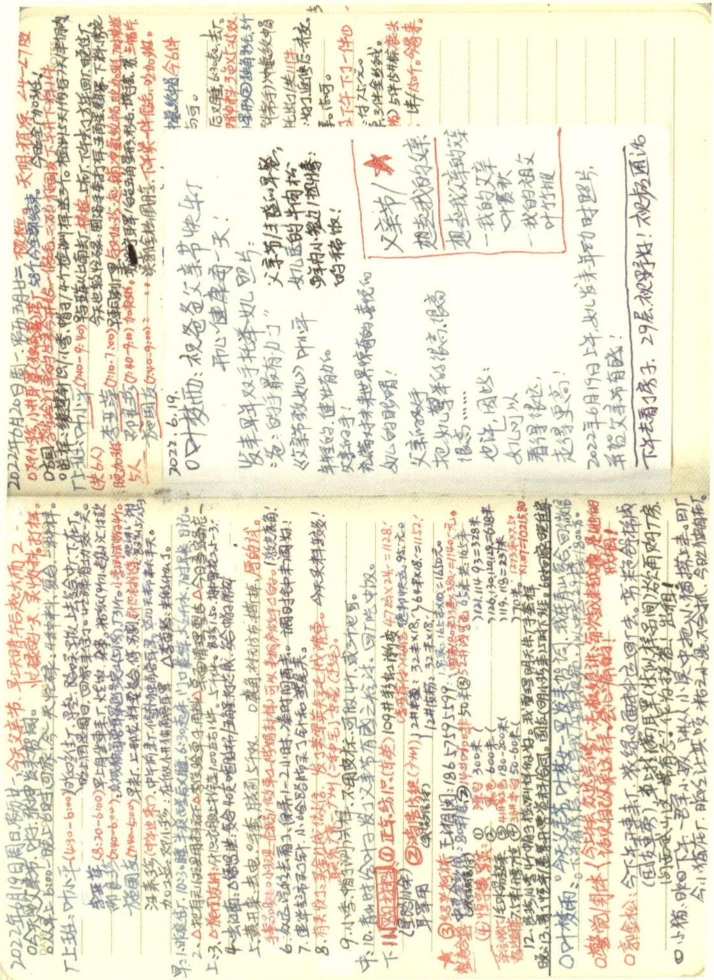

夹在父亲日记里的这首诗，特别醒目

第二辑

回罗溪村

老奶奶

老奶奶，你早呵
踏碎第一颗草尖的露珠
捣乱路边蝉蛙的第一支歌
老奶奶，你来了
右手是一杆古黑色的短秤
左手里是嫩黄的鲜韭
你的眼睛像一潭浊水
却还在闪闪发光
有一股异样的色彩
额上的折皱像条条曲线
组成那难懂的字母
你沉重的脚印还在声明
没有丝毫的哀鸣
你对生活充满了憧憬

1981.9.12 早上于仙岭脚西窗下

父亲喜欢画画，但从来没有学过美术课，而是从各种书籍、连环画上面临摹人像。这是他临摹的一幅老妇人像

第一次

小姑娘带着更小的弟弟
两个滚动的车轮
驮来两颗心的幻想的秘密
她鼻尖上沁出的汗水
远远看见了桐君山的塔影
远远听见了大街上喧哗的声音
不知是心里的火热上了鼻尖
还是面对都市胆战心惊
鼻尖上的汗珠
在阳光下闪烁着晶莹
童年、少年，对世界的渴望
心灵是一扇永远打开的门

1983.12.16 十里排门山路上所见

1984.2.19 抄

我的房间

我的房间，六平方
六平方，我的房间
书、床、碗、热水瓶
济济一堂
六平方太小了
不，我珍惜，我满足
窗前不照样有
属于我的空气
属于我的阳光

1983.6.21

我曾是一个农民

我曾是一个农民
黑色的脸庞
是太阳留给我的标记
虽然因此
有人嘲笑
有人尊敬
我至今还保持习性
像选种一样
选准文章里的每一个字
像耕耘一样
操纵属于我的机器
我愿永远是个农民
我宁愿让太阳
把我烤成褐色的泥

1983.7.25 拔秧时

父亲的农村生活日记：浇粪，打麦，嫁接果树，拔茅草

曾经

像雨滴和瓦片
奏出没有旋律的乐曲
我的心
曾像一朵
没有归宿的浮云
一个震天的响雷
我全身震惊
我凝聚
我痛苦
我的形体
化作一颗晶莹的泪
落向大地
小草向我招手
蚯蚓为我铺被
我心里踏实了
因为有了温暖的家

1983.9.4

这一课

医生说我有了病，
我可怎么也不相信。
属于我的这根神经，
显然比平时灵敏。

闭上双眼，不假思索，
也能格外分辨得清：
病房门前的脚步
哪一串熟悉，哪一串陌生。

短暂而轻松的夜，
变得漫长而深沉。
第一次，我知道了，
夜的威严，夜的冷峻……

回想哲学课曾得过七十分，
实际上那还该是个零。
如果谁一生没有得过大病，
他就不会懂得什么叫人生！

1983.11.22 偶作

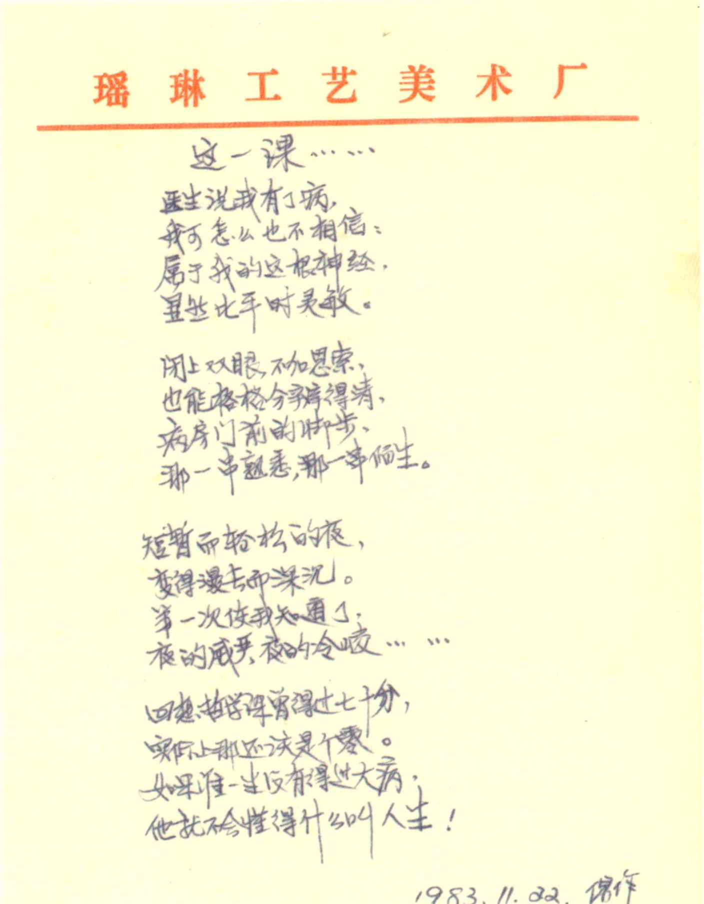
瑶琳工艺美术厂

这一课……

医生说我有了病，
我可怎么也不相信：
属于我的这根神经，
显然比平时灵敏。

闭上双眼，不加思索，
也能格格分辨得清，
病房门前的脚步，
那一串熟悉，那一串陌生。

短暂而轻松的夜，
变得漫长而深沉。
第一次使我知道了，
夜的威严，夜的冷峻……

回想哲学课曾得过七十分，
实际上那还该是个零。
如果谁一生没有得过大病，
他就不会懂得什么叫人生！

1983.11.22. 偶作

六平方的天地

在黑暗中寻觅到的光明
是永远不会黯淡的
在狭窄中追求到的辽阔
是永远不会缩小的
在贫瘠中创造的丰饶
是永远不会枯竭的

1983.6.10

父亲的图画日记：宿舍的窗口

我是研究生

我是研究生
生活录取了我
从我和泥土接触的那一刹那起
我就喜欢研究（眼睛的光闪耀着好奇）
种子是怎样萌芽
米缸为什么总是空空的

双夏二十四小时
连续劳动
考过了我的毅力
粗茶淡饭
考过了我的坚韧
我不会喝酒，不会抽烟
考过了我的廉洁
大伯信任的眼光
是我信仰的源泉
一行行整齐青翠的稻丛
是我的答辩论文
背大箍的老大娘
是我的指导老师

我不要博士硕士的学位
也不企求空洞的宿舍和面包车
也不企求名望

太阳给了我激情
岁月给了我启示
我研究种子和泥土的适宜
研究饥馑和仓廪的距离
我研究生活最沉重的支点
农民负重的脚步
（永无休止的脚迹
一部没有章节的历史）

我懂得农谚的价值
我收集它们，于是，我知道
什么时候会晴，什么时候会雨
什么时候会有倒春寒
我研究种子心灵的眼睛
它们如何看清自己泥土的友谊
我研究土地的脾气
怎样让大地慈母流出
哺育人类的丰满的乳汁

我是研究生
但我不追求学分
当我把沉甸甸的金秋
送往粮站
那红色的纳粮卡
填上一个五位数的阿拉伯字
我沉默而兴奋
那是我在一个现代的中国农民
研究的成果
理论走向实践

我是研究生
生活录取了我
我研究一切人
一切生命
也希望一切人都研究我

我没有毕业文凭
我的葬礼便是我的毕业典礼
我的骨灰啊
便是献给大地的礼物

1983.12 写，1984.10.3 抄

故乡来的天竺

故乡来的天竺
你生活得很好
——淡淡的空气
不要太多的阳光照耀
些许的清水浇洒
你就生长得很好
健壮的根须
挺拔的枝干
叶片青葱多娇

我故乡来的天竺
你生活得很好
因为你并没有僵化
沉默是对生活
最好的思考
每年都有红红的果
仿佛是对生活的报告
把水分化成绿色的旗
把阳光结晶成红色
红色的果
是故乡的太阳
夜夜在我的心头照耀

1983.11.19 作，1984.2.18 夜抄

小溪潭的鱼

儿时
家门前的小溪潭
水清且绿，透澈见底
斑斓的石斑鱼和火石头
一样斑斓的颜色
儿时的夏日里
我也是一条鱼
一条黑色的泥鳅
再闷热的季节
也被我们小伙伴们
打水仗的水珠打湿
儿时，我是我家门前溪里的一条小鱼

1984.1.29

早市场有感

远村的大伯、大妈
近郊的小妹、大姐
鲜活的红鲤、白鱼
青翠的新韭、卷心菜
一个早市场
一张立体的画，有声的兴奋

你们——我的弟兄姐妹
你们的气很粗
再不像过去的求乞和吝啬
而是慷慨又自信
你们的手是那样利索
谱出了晨曲的旋律
这早市场的活泼和生动
这生活中的丰富和气韵
是你们交出来的作品
你们不会画画
但你们会给生活着色

1984.2.18 夜玫抄于此

我

我从来没有忏悔，
也没有埋怨要写进诗稿。
在犁铧翻耕过的岁月里，
我曾时时向自己问道：
怎样把庄稼种得更好？

我从来没有叹息，
也不在乎阡陌的窄小。
我只渴望盛夏的中午，
母亲为我煮好的一碗干菜汤，
挑着沉甸甸的谷担，
踏着炙热的田塍，
向晒场奔跑。

而且，我也没有太多的记挂，
我愿是一把绿肥，
默默无闻地沤在田头地角。
金色的谷穗是我的寄托，
我不羡慕那泡桐的高大挺拔。

泥土的潜移默化，
塑成不恋旧的性格。
一心向往多收一些粮食呵，
一意精耕细作。
我从不看身后的脚印，
只拼命地把汗水挥洒。

1984.4.12

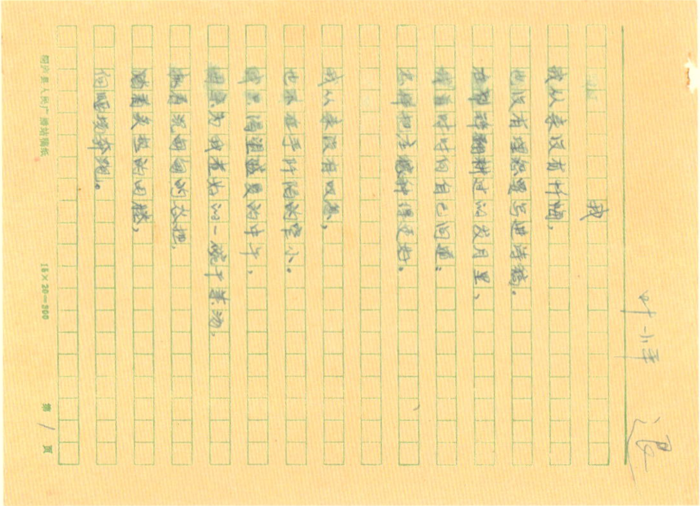
我

叶小平 退

我从来没有忏悔，
也没有埋怨要写进诗稿。
在那翻耕过的岁月里，
只有时时向自己问道：
怎样把庄稼种得更好。

我从来没有叹息，
也不在乎阡陌的窄小。
我只渴望盛夏的中午，
母亲为我煮好的一碗干菜汤，
伴着泥泡泡的农把，
踏着熟悉的田埂，
向晒场奔跑。

桐庐县人民广播站稿纸 15×20=300 第 1 页

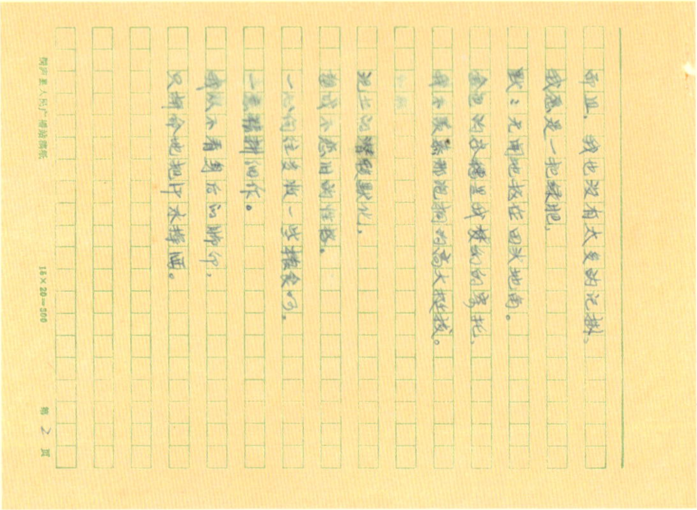
而且，我也没有太多的记挂，
我总是一把锄把，
默默无闻地插在田头地角。
金色的谷穗里我梦幻的寄托，
我不羡慕那泡桐的高大挺拔。

泥土的馨香默化，
塑成不忘旧的性格。
一心向往多收一些粮食呵，
一意精耕细作。
我从不看身后的脚印，
只拼命地把汗水挥洒。

桐庐县人民广播站稿纸 15×20=300 第 2 页

老人和树

树一样的老人
老人一样的树

旷野里
他们是亲密的一对

老人常靠在树上抽旱烟
嘴里吐出一圈圈的年轮

1986.3.13 下午，分水开会时记

只有我的眼睛能读懂

我诞生的穷乡
我故乡的山岗
我经过的道路
我住过的破房
我的桌椅、硬板床
泥土、水、石头
刺、尖、火星
一切的一切
只有我能读懂
上面都有我的汗水
和流失的时光

1987.9.7 深夜 12 点

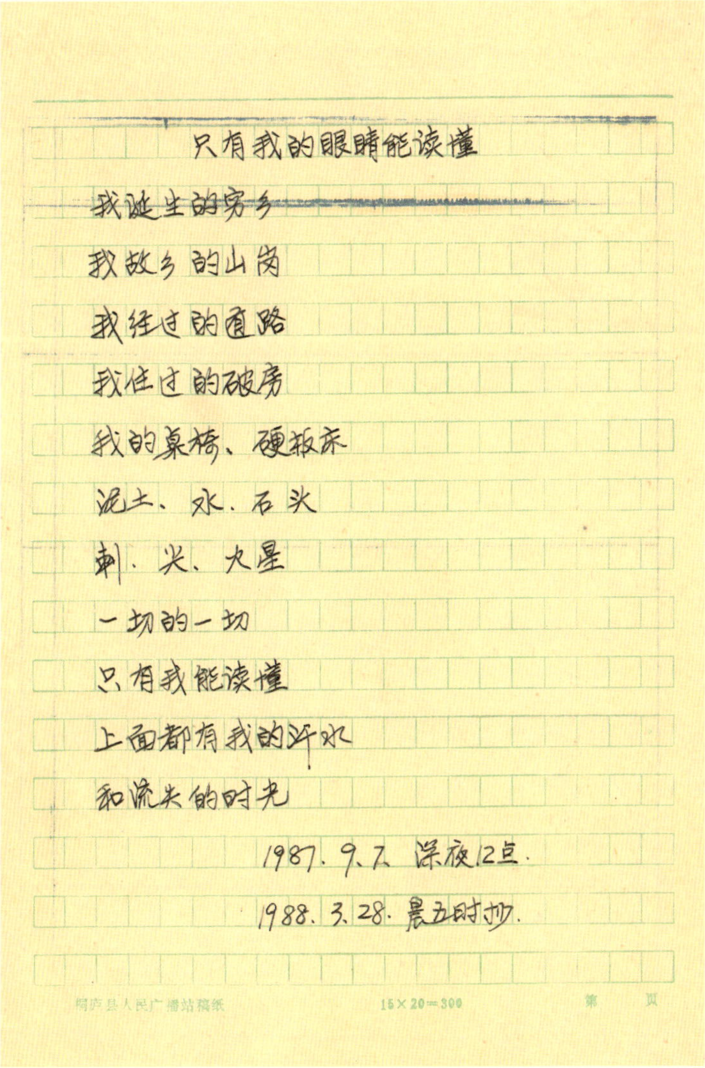
只有我的眼睛能读懂

~~我诞生的穷乡~~
我故乡的山岗
我经过的道路
我住过的破房
我的桌椅、硬板床
泥土、水、石头
刺、火、火星
一切的一切
只有我能读懂
上面都有我的汗水
和流失的时光

1987. 9. 7. 深夜12点.
1988. 3. 28. 晨五时抄.

桐庐县人民广播站稿纸　15×20=300　第　页

夏收

七月，总是七月
南方的太阳成熟了
南方，金黄的谷粒
也一颗颗都熟了
悬挂在青翠的稻秆上
于是，多少双手
男子强壮的手
妇女细柔的手
一起从黎明伸出去
从一丛丛的稻根边
一把一把地攒拢
用镰刀一丝一丝地割倒
在泥泞的火热的田垄里
在干旱的灼热的田块上
然后用双手甩动
惯性撞击在木桶上
一粒粒的谷子
就聚成一堆堆的粮食
再在晒场
或在沥青路面

晒干，然后碾成米
留足自己的口粮
其余交到粮店去
养育我们多少城里人

1989.7.2

想起洪根

夏天，紫罗兰浮现在墙上
阳台地面上，那只熊猫在津津有味吃竹子
仿佛炎热未能穿过那片竹林
这就是洪根师傅 1989 年的手笔
夏日里，可爱的阳台、和谐的四壁
每每使我想起
一切美化我生活的事和人
我都抱着感激的心情
（我永远不会忘记）

据说洪根读书时就有画画的天赋
第一次学画参赛就得了奖
可后来，生活使他懂得
牧牛绳和柴刀远比笔墨重要
于是他在三十年里，
跟父辈走着三千年的路

1992

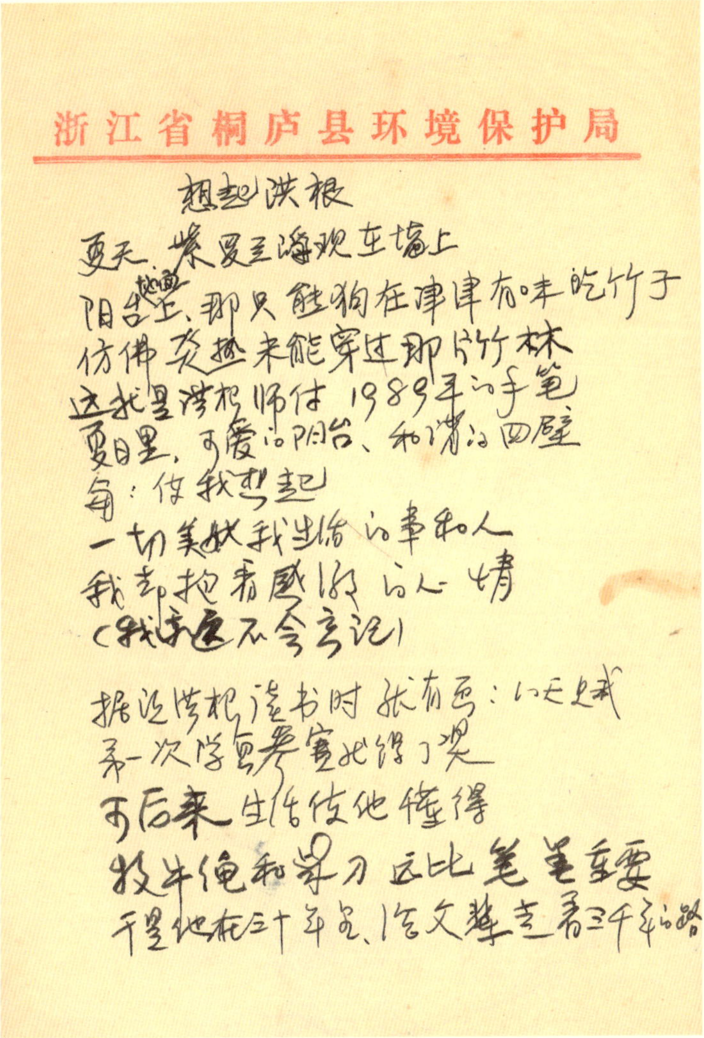

浙江省桐庐县环境保护局

想起洪根

夏天，紫罗兰攀缘在墙上

阳台上、那只熊猫在津津有味吃竹子

仿佛突然未能穿过那片竹林

这是洪根师傅1989年的手笔

夏日里，可爱的阳台、和谐的四壁

每每使我想起

一切美好我生活的事和人

我都抱着感激的心情

（我永远不会忘记）

据说洪根读书时很有画画天赋

第一次学画参赛就得了奖

可后来生活使他懂得

牧牛绳和柴刀远比笔重要

于是他在三十年里、随文攀走着三千年的路

我的生活

所有属于我的时间，
都从汗腺中流过，
和我的力一起渗入泥土，
这是我纯朴的自豪。

于是，白天
我实打实流汗，
晚上，把汗水洗净的思想，
写在洁白的日记本上。

人已过中年，
还是喜欢订阅诗刊，
寻找自己喜欢的诗。
虽然自己写不好，
看到一首，哪怕一句好诗，
比自己写的还开心，
激情澎湃在清早。

2002.11.15

守望

窗外的车声渐落渐起
各自在运行着不同的轨迹
在片刻的寂静中我倾听母亲呼吸
多么希望苍老的树干能新芽绽放

谁能知晓在这小城的仲夏
我以小猪一样的姿态和神情
注视着天空的变幻
每一缕阳光和一丝空气
竟是这样恐慌和脆弱

多少个年头列队而来
累积这生命中的每一年，每一刻
从母胎落地的瞬间直至如今
有多少岁月里与母亲呼吸相通
有多少的记忆在岁月之上飘过
只有在这一刻
我听到母亲的呼吸，看到母亲的颜面
犹如故乡三月的春风和雨后的青山

2002.7.8

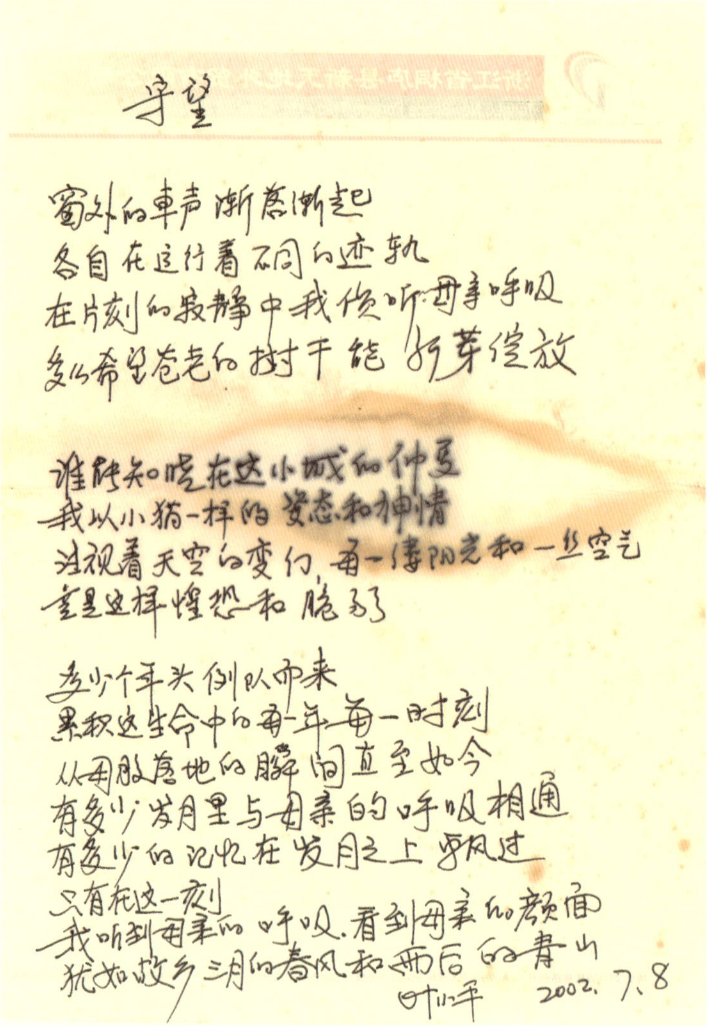
守望

窗外的車声渐落渐起
各自在运行着不同的迹軌
在片刻的寂静中我倾听母亲呼吸
多么希望苍老的树干能打芽绽放

谁能知晓在这小城的仲夏
我以小猫一样的姿态和神情
注视着天空的变幻 每一缕阳光和一丝空气
竟是这样惶恐和脆弱

多少个年头倒队而来
累积这生命中的每一年 每一时刻
从母腹落地的瞬间直至如今
有多少岁月里与母亲的呼吸相通
有多少的记忆在岁月之上呼风过
只有在这一刻
我听到母亲的呼吸.看到母亲的额面
犹如故乡三月的春风和雨后的青山
叶小平 2002.7.8

回罗溪村

不知是昨夜梦中
还是今日的时光里
重回罗溪村

走后山，一阶一阶台阶
我不看阿享叔、三毛、如干
再往后山走去，大约这些人
走入山中了
再也找不到了

2002.10.24

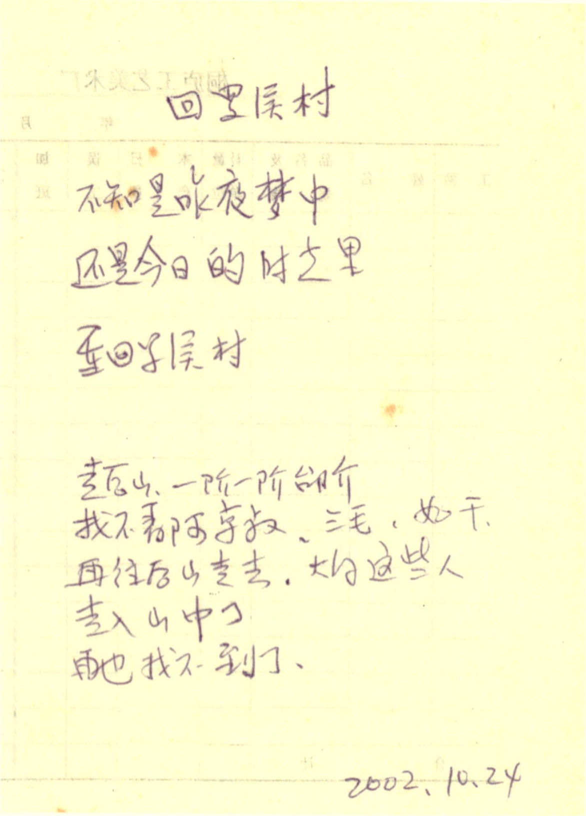
回望侯村

不知是昨夜梦中
还是今日的村子里
正回望侯村

走石山、一阶一阶的阶
我不看阿宇叔、三毛、如干、
再往石山走去，大伯这些人
走入山中了
再也找不到了、

2002、10、24

最后的早餐

四分头外坎
吃素奶奶的菜园里
想造房子
对山石磅里想造房子
边上那点地方想造房子

多少童年的梦、童年的梦想

2003

最后的早餐

四分头外坎

吃素奶奶的菜园里，
想造房子、
对山石磅里想造房子，
边上那些地方想造房子，

多少童年的梦、童年的梦想

故乡的油菜花

不问曾有过多少风雪冰霜，
只记取那憨实的泥土，
对种子的厚爱。

恍若前世修来的情和缘。
每年的今日，
必如约而至：
那潺潺的一溪暖水，
盈盈向我来。

这就是罗溪两岸、漫山遍野，
蜂蝶相拥而来的油菜花。

犹如这喧闹的三月，
在故乡的春风中。
我的心里呀，
也有许多金黄色的花儿开放。

2017.3.21 于罗溪村善亭畈

故乡的油菜花

不问曾有过多少的风雪冰霜，
只记取那憨实的泥土，
对种子的厚爱。

恍若前世修来的情和缘。

每年的今日，
必如约轰然而至：
那潺潺的一溪暖水，
盈盈向我来。

这就是罗溪两岸、漫山遍野
蜂蝶相拥而来的油菜花。

犹如这喧闹的三月
在故乡的春风中
我的心里呀
也有许多金黄色的花儿开放

叶小平 2017年3月21日
罗溪村·善亭田畈

清明前后

清明前后
来自遥远的
天上或地下
我看不见的手
把那么多的花与草
铺满在故乡的大地上
那田坎越来越矮，再也
拦不住被雨水冲刷的泥土

2018.3.2 于罗溪

清明前后

来自遥远的
天上或地下
我看不见的手
把多少的花木草色
铺满在故乡的大地上

叶小平
2018年3月2日
于故乡罗溪

那田坎是越来越矮了
再也拦不住被雨水冲刷的泥土

童家后山，那块地

1

童家后山，有块地
我少年时
跟在母亲身后垦种过
后来，那块地
成了大姐的陪嫁

2

母亲去世后
沉重的骨灰
存放于此

3

大姐自姐夫去世后
也已老了，不能再去种植。

4

我现在
常去开垦、锄草
种上母亲喜欢的蚕豆和豌豆

5

我不知道

我们之前是谁去开垦

我之后

又有谁会去种植呢？

2018.12.18

没有人记得对山塘边那棵大柳树

萝卜堰分流去阳山畈
小溪流到对山
有一口池塘
很深的
塘边有一棵柳树
我看到时枝干已十分苍老
但每逢盛夏，那柳条
依然茂盛
几乎挡住半个池塘
因此盛夏的池塘
也更加清凉

劳累的耕牛曾在池塘中消暑
我也曾沿着池塘的石阶
向水中跳跃
夏日的中午，泥鳅翻滚
预示着会有一阵大暴雨
后来那池塘被埋掉了
柳树也不见了
现在，还有谁能记得

对山溪边那口池塘
和池塘边的
那棵柳树呢？

2019.4.1 晚于迎春寓所

野猪垅

野猪垅
我亲切的故乡向南山垅里
前人顺山势而堆叠的山田
引来山上小溪流下的水灌溉四季

千百年的耕种，沉淀的泥石是田隔
肥沃的泥土在上面
春，夏，秋，冬
四季由人和畜力翻耕
生长着水稻、麦子、油菜和苜蓿

那些石勘上的缝隙中杂草丛生
也生长麦冬、金银花和何首乌
近看百花齐放，远看繁花似锦
锦带般窄小而细长的田塍
我走过多少劳作的步履
和谷担负重兽爪的痕迹

现在废弃了
田后边也很少有水
也不见黄鳝和泥鳅的踪迹
青蛙的呜呜也听不到了

有些田坎倒塌了
有些石头松动了
田塍也断裂了
山洪流过，就一道道痕迹

那随水冲刷而下的泥土
去了天目溪，分水江
越桐君源去了钱塘江口
去了东海

故乡的田野废削
肥沃的泥土流失
海平面不断上升了
岁月却在慢慢地消失

2021.10.26 于西武山

父亲的图画日记：野猪垅

第三辑

彩蝶标本

雨夜琴声

屋檐下忽然响起一串琴声，
夜都入睡了，
谁还在奏琴？
雨呵，雨呵，
你稍停停，
让我仔细听一听。
雨滴骤然消遁，
琴弦亦随之无声，
苍穹间寂寞得像一枚海底的针。
横竖听不到琴声，
雨呵，你下吧，
我真不该打扰你。
屋檐下又响起一串琴声。

1982.6.1 深夜雨时于仙灵脚

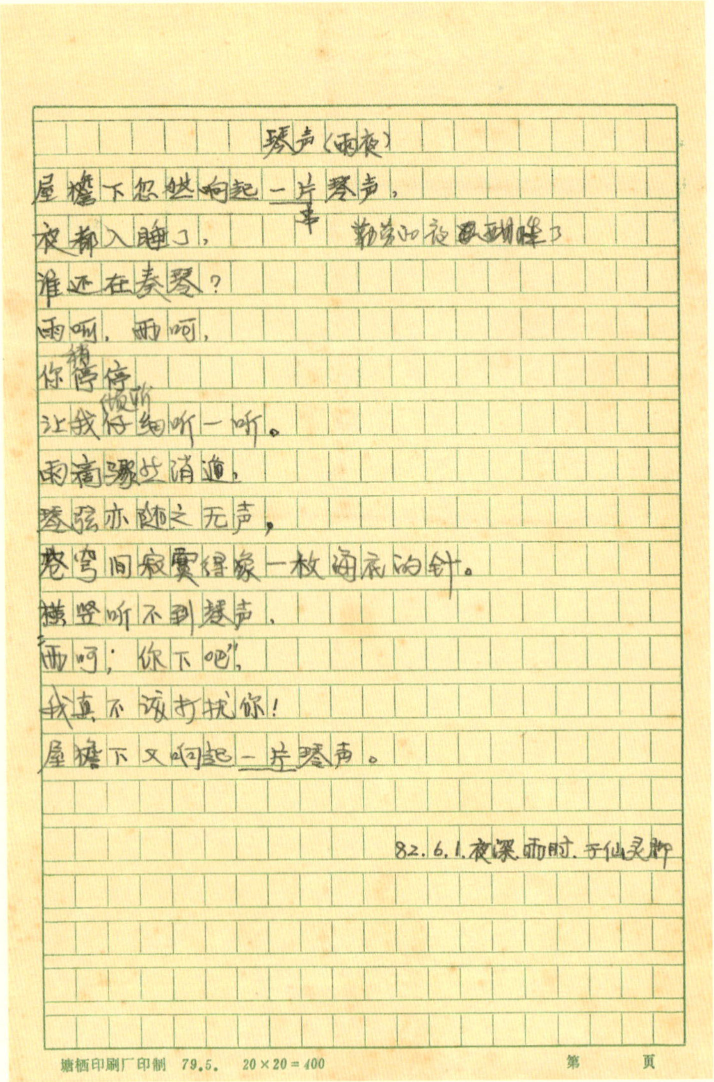
琴声（雨夜）

屋檐下忽然响起一片琴声，
夜都入睡了，
谁还在奏琴？
雨啊，雨啊，
你停停，
让我仔细听一听。
雨滴骤然消逝，
琴弦亦随之无声，
苍穹间寂寞得像一枚海底的针。
横竖听不到琴声，
雨啊，你下吧，
我真不该打扰你！
屋檐下又响起一片琴声。

82.6.1. 夜深雨时，于仙灵脚

塘栖印刷厂印制 79.5. 20×20=400 第 页

一片枫叶

窗口飘进一片殷红的枫叶，
给我带来初秋火热的消息。
我久久地凝视着，凝视着，
轻轻夹入时常翻阅的书页。

1982.12.17

雨夜

告别女友的挽留
钻入风雨的怀抱；

在泥泞的路上，
我向夜校奔跑。

不能再缺一节课，
我已经整整十年迟到。

1983.2

远方在呼唤

——采购员日记

当太阳开始镀金的时候
我胸揣老厂长的嘱咐和签证
出发了，怀着和太阳般炽热的心
在这阳光灿烂的早晨

我知道远方等着我的
是无数拥挤的餐桌和售票亭
但，哪怕是在浴室的加铺上
也还会有我美丽的小诗诞生

虽然也有鹫摩的眼睛（因为惯于觅食）
和举足轻重的手（那上面凝结着无数的尼古丁）
我讨厌，但敌不过欢喜
他们的脸是一本无价的书
其中的一页

我采购锅炉和汽笛
也采购小小的螺丝钉
过南京路也忘不了
带回一本《培根论人生》

黄河、长江、嘉陵
敦煌石刻、万里长城
那便在飞掠而过的列车上
我也脱帽静立，行一个深深的注目礼

远方在呼唤我
无数庄严而陌生的姓名
我知道哪里有我
我们需要的一切

1984.8.11

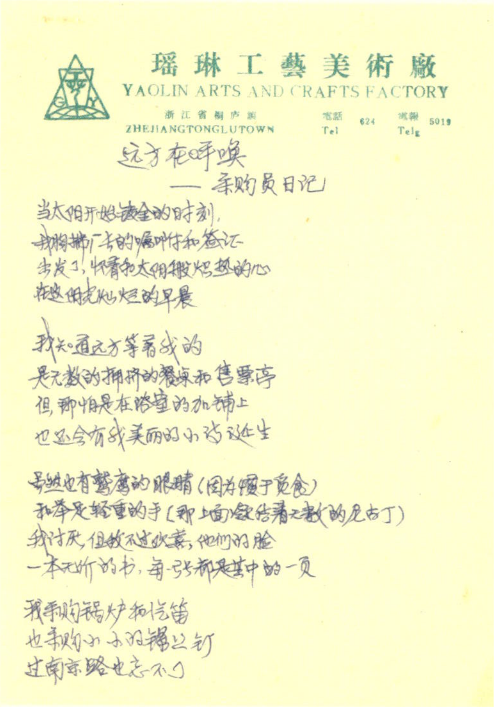

瑶琳工艺美术厂
YAOLIN ARTS AND CRAFTS FACTORY
浙江省桐庐县 ZHEJIANGTONGLUTOWN 電話 Tel 624 電報 Telg 5019

远方在呼唤
—— 采购员日记

当太阳开始镀金的时刻，
我拥挤广告的嘱咐和签证
出发了，怀着和太阳般炽热的心
在这阳光灿烂的早晨

我知道远方等着我的
是无数的拥挤的餐桌和售票亭
但，哪怕是在路边的加铺上
也还会有我美丽的小诗诞生

虽然也有鹫鹰的眼睛（因为惯于觅食）
和举足轻重的手（那上面缀结着无数的尼古丁）
我讨厌，但我不过欢喜，他们的脸
一本无折的书，每一张都是其中的一页

我采购锅炉和汽笛
也采购小小的螺丝钉
过南京路也忘不了

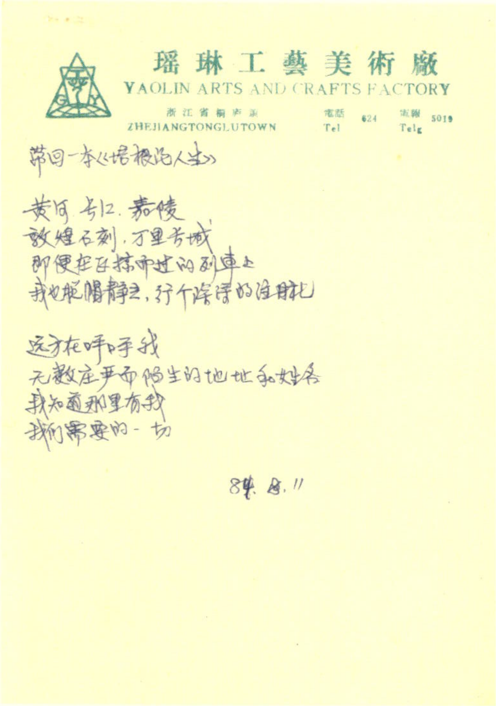

瑶琳工艺美术厂
YAOLIN ARTS AND CRAFTS FACTORY
浙江省桐庐县 ZHEJIANGTONGLUTOWN 電話 Tel 624 電報 Telg 5019

带回一本《塔根的人生》

黄河 长江 嘉陵
敦煌石刻，万里长城
即使在匆忙而过的列车上
我也能眼睛静静，行个深深的注目礼

远方在呼唤我
无数座平而陌生的地址和姓名
我知道那里有我
我们需要的一切

84.8.11

岁月

雨丝
飘着
接触泥便是艰辛

行走的
挑担的
辽阔的田野上
抢收抢种
该收获的快收获
该抢种的快抢种

笑声
在雨帘中
在竹篮盛着的新米饭的喷香里
扩散
谁也不会去埋怨雨

摸摸嘴
燃着一支“大红鹰”
（真幸福，胸前的火柴是用尼龙布包着的）
笠帽下可以避开雨
又去田野忙开了

雨，是田野最需要的
农民不会埋怨雨
更不会埋怨泥泞

1984.1.29

假如你是旗

假如你是旗
面向风
笑展青春的形体

假如你是旗
火红的信念
燃得着单调的空气

假如你是旗
欢乐的节奏
给时间以音韵和旋律

我愿是一柱旗杆
立在广袤的大地
把你向蓝天高高举起

1984.2.25–26

小诗（断想录）

1.蜘蛛

在岁月与岁月的断层间

你用你永远吐不尽的丝

缝合

2.日子

所有的日历

都长了翅膀

扑腾腾向我们飞来

我看不清

上面的内容

3.太阳

因为有了我心的颜色

太阳才如此轰轰烈烈

4.月亮

一个病态的姑娘

也许是戈壁滩上的古尸

5.脸

没有水银的寒暑表

一天有三千季节

6.河流

一条绳

将山峦锯成碎片

7.路

无数的碎石

人群

走在

我旋转的脚底

8.床

一只船

我和你

轮流驾驶

9.笔

一颗会走路的心

10.书本

我早就忘却的备忘录

已记不清自己的笔迹

提起我的记忆

让我不要忘却

因此
你，经常读我

11.交谈
齿轮和齿轮的滚动
偶然发生的声响

12.眼睛
太阳认识我们的窗口

13.时间
会旋转的大山
把岩石的故事
讲给所有人听

14.办公室
一群顽皮的小孩在捉迷藏
桌子在给凳子作报告
凳子在讲桌子的坏话
窗户在转播电视实况

1984.8.14

仙人掌

活着，生长
你并不需要丰腴的土地
哪怕干旱和烈日
六年的“风干”也折不断你的生命

倒不是想成仙
那掌面也不一定合乎美的逻辑
就是为了生存，默默地活着
做一个大地勇敢的子民

但那掌面能激起我的想象
由此产生母亲的形象
还有属于母亲的那双手
真称得上是美的造型

如今，我有了三盆仙人掌
它来自家乡
来自母亲的手掌
我用盆子养着
用心装点贫瘠的人生

1984.9.20 妈妈拿着仙人掌来桐
次日插于盆中时记

小河静静流

小河你静静地流，
别把我的忧愁带走，
在你流过的地方，
应该永远是欢愉。

小河你静静地流，
别把草丛中的小鸟惊走，
为这暂时的喧哗，
你也许会长远地内疚。

小河你静静地流，
让我和我的情人在你身边闲悠，
我会报恩，
并不光记仇。

小河你静静地流，
不要害怕前面有礁石，
也不要被身旁的花草羁留，
远方的大海在向你招手。

1985.5

二轻月刊

桐庐县二轻工业总公司编

1985年5月第九号

小河静静流

叶小平

小河你静静地流，
别把我的忧愁带走，
在你流过的地方，
应该永远是欢愉。

小河你静静地流，
别把草丛中的小鸟惊走，
为这暂时的喧哗，
你也许会长远地内疚。

小河你静静地流，
让我和我的情人在你身边闲悠，
我会报恩，
并不光记仇。

小河你静静地流，
不要害怕前面有礁石，
也不要被身旁的花草羁留，
远方的大海在向你招手。

变幻的小镇

迪斯科的舞曲
二胡和古筝的悠扬
一起在门牌号斑驳的小巷

一位年逾古稀的老人
踏过秦砖汉瓦的废墟
去找一位年青的女郎

青黛色的薜荔在古墙上
用绿色的眼睛起望
风浪，雨浪，人浪，海浪

是谁在构思，有谁在构思呢
那座属于小镇明天的
永久的雕像

1985.10.20 夜

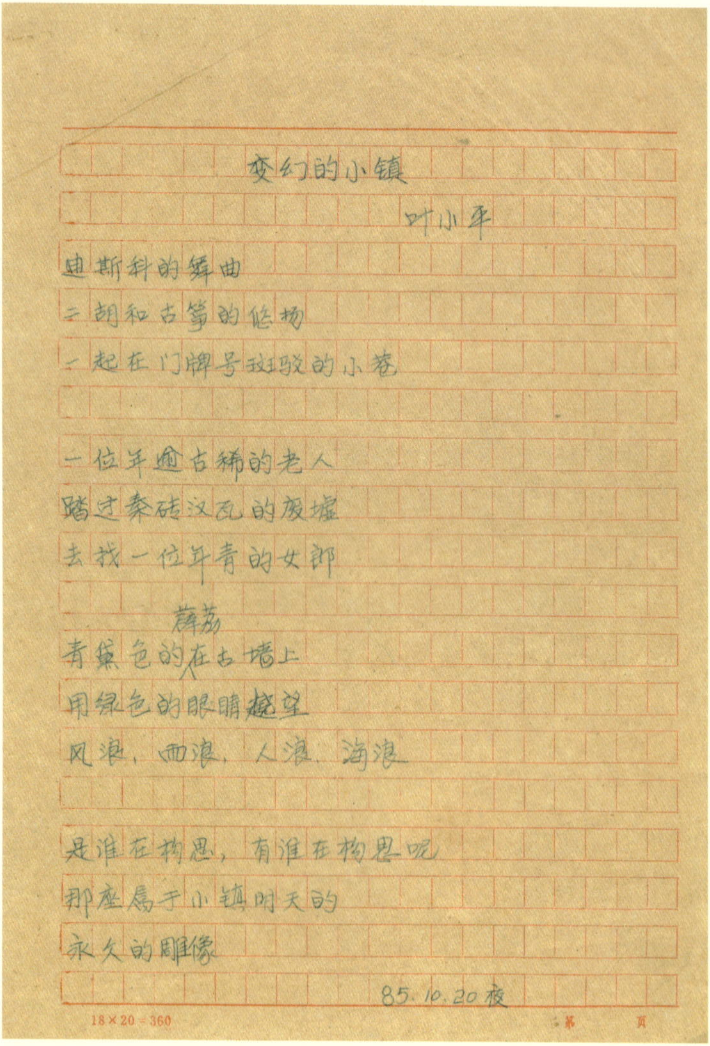

变幻的小镇

叶小平

迪斯科的舞曲
二胡和古筝的悠扬
一起在门牌号斑驳的小巷

一位年逾古稀的老人
踏过秦砖汉瓦的废墟
去找一位年青的女郎

青黛色的薜荔在古墙上
用绿色的眼睛凝望
风浪、雨浪、人浪、海浪

是谁在构思，有谁在构思呢
那座属于小镇明天的
永久的雕像

85.10.20夜

18×20=360 第 页

永恒的记忆

大浪淘沙
漂白了多少张无花无果的日历？
日月飞逝
流失了多少个花红柳绿的季节？

当黄昏走进子夜，
忍不住寂寞的钟声，
从远处的小巷传来；
惊醒我记忆深处的白鸽，
扑腾腾一起飞向幽静的夜空。
于是，
所有恨的悲歌和爱的欢唱，
拥挤在我易于激动的喉头，
流向无垠。

风打雨锤，日晒汗浇，
炼铸成一身强筋铁骨，
吃苦耐劳就成了我最大的资本。
我懂得开垦和泥土是忠实的伴侣，
只要勤于耕耘，
丰收定会到来。
难免也有歉收的时候，

那又算得了什么。
明天，明天，明天……
我仍勤勤恳恳地耕耘。
我坚信大地不会欺骗种子，
阳光走过的地方花草一定茂盛。

命运，
把我从一个又一个急浪中抛出。
我曾想闭上双眼，
等待下一个恶浪劈头盖顶，
覆没我的生命。
我听到了与漩涡搏斗的悲壮呼号，
激励起我全身的每一个细胞。
我看见天上有美丽的鸟儿飞过，
唤起我想跟它们走的欲望。
原来，悲壮的呼号和美丽的鸟儿，
我是那样热爱，
终于，拼尽母胎中所有的气力，
重新在风浪中挣扎。

从此，
我从时间的流水线上，
纵览人类生活的风景。
一张张熟悉和陌生的脸，
那色彩丰富坚毅沉着的颜面，

装饰了世界这幅美丽的画。
我渐渐懂得：
生活中最壮丽的彩霞，
就是与厄运作争斗溅起的浪花。
沉溺者也许不全是自己的缘故，
世界这幅永不褪色的画，
并不会因此而减色。

我总是带着地震般的心情渴望，
每天每日能看到天上飞过的鸟群，
每时每刻耳畔鸣唱着欢乐的歌声。
时间的流水线上，
生命的流水线上，
人类这幅油画上，
时常有和谐的奏鸣曲。
一切的真、善、美，
都立体地呈现在每个人的眼前。

因此，
我总认真审察，
自己生命脉搏跳动的每一个音符，
是否符合一阕乐章的旋律，
生怕自己的歌喉，
扰乱了别人的梦境，
（尽管我唱得那么真诚）。

每天，每天的深夜，
洁白如水的灯光，
清洗我一天的思想。
在笔记本上坦然地写下，
可以告慰于自己心灵的诗句，
（不管它能不能飞向人间）。
唱给一切愿意听我歌唱的人，
让他们去审视我的灵魂。

倘若，有一天我突然消失，
永远无声无息地消失了，
那就留给历史，
留给历史去考证。

1985.12

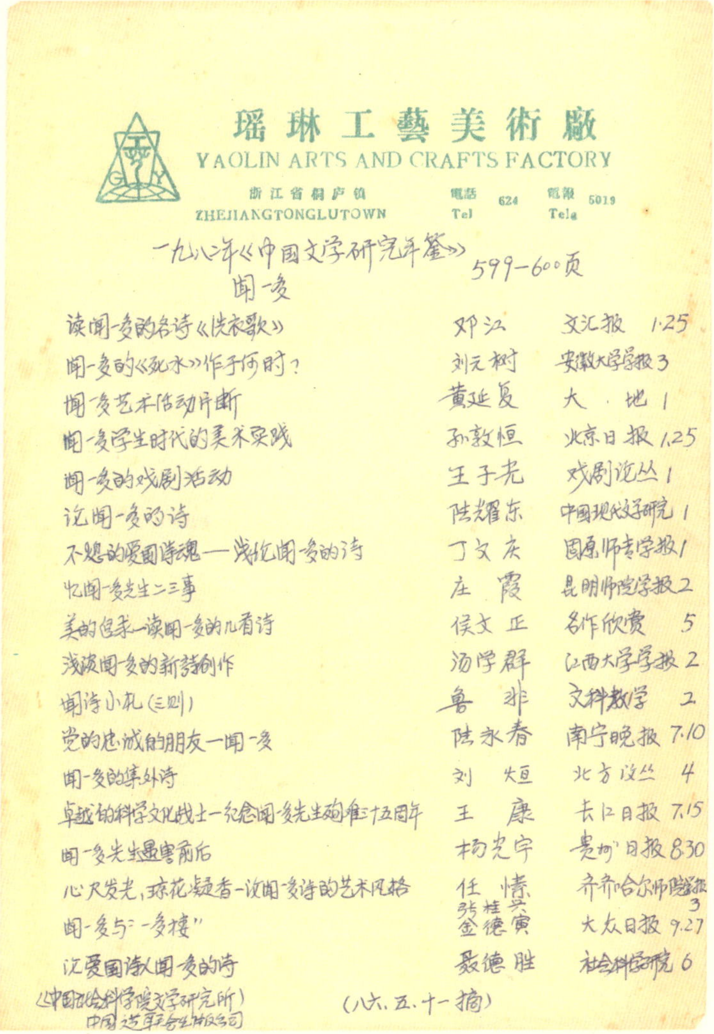
瑶琳工藝美術廠
YAOLIN ARTS AND CRAFTS FACTORY
浙江省桐庐镇 ZHEJIANGTONGLUTOWN
電話 Tel 624 電報 Telg 5019

一九八二年《中国文学研究年鉴》 599—600页

闻一多

读闻一多的名诗《洗衣歌》	邓江	文汇报 1.25
闻一多的《死水》作于何时？	刘元树	安徽大学学报 3
闻一多艺术活动片断	黄延复	大地 1
闻一多学生时代的美术实践	孙敦恒	北京日报 1.25
闻一多的戏剧活动	王子光	戏剧论丛 1
论闻一多的诗	陆耀东	中国现代文学研究 1
不熄的爱国诗魂——浅论闻一多的诗	丁文庆	固原师专学报 1
忆闻一多先生二三事	庄霞	昆明师院学报 2
美的追求——读闻一多的几首诗	侯文正	名作欣赏 5
浅谈闻一多的新诗创作	汤学群	江西大学学报 2
闻诗小札（三则）	鲁非	文科教学 2
党的忠诚的朋友——闻一多	陆永春	南宁晚报 7.10
闻一多的集外诗	刘烜	北方论丛 4
卓越的科学文化战士——纪念闻一多先生殉难三十五周年	王康	长江日报 7.15
闻一多先生遇害前后	杨光宇	贵州日报 8.30
心灯发光，琼花凝香——论闻一多诗的艺术风格	任情	齐齐哈尔师院学报 3
闻一多与“一多楼”	张桂兴 金德寅	大众日报 9.27
论爱国诗人闻一多的诗	聂德胜	社会科学研究 6

《中国社会科学院文学研究所》
[illegible]

（八六、五、十一摘）

父亲手抄《中国文学研究年鉴》目录

黄昏

是晴天，看落日西去
余霞满天，一个辉煌的告别
一个灿烂的回忆
留给所有的江河和大地

是阴天，看朦胧渐近
世界远去，不再是一种清晰
思绪不再安宁，任晚风吹洒
向夜处深深，一任无际涯

是雨天，下着的雨是一种倾诉
从遥远的天际，告诉你一个秘密
不要紧迫，不要畏惧，不要依恋，不要决裂
去的终究自然去，来的自然来

是雪天，最是一种寂寥
白色，白色，纯洁的想象一任飞翔
天地间仍是一种默契
成一种景观，不再有分别的界限

1987.1.11 下午四点三十分于九中

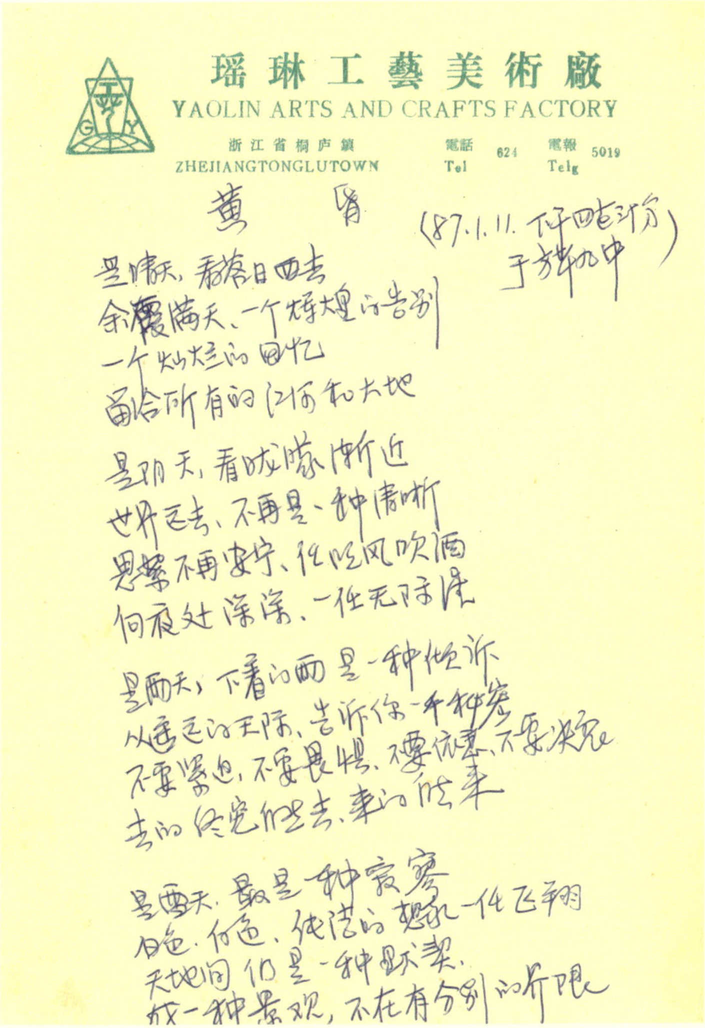
瑶琳工藝美術廠
YAOLIN ARTS AND CRAFTS FACTORY
浙江省桐庐鎮 ZHEJIANGTONGLUTOWN
電話 Tel 624　電報 Telg 5019

黄昏

（87.1.11. 下午四点廿分
于班机中）

是晴天，看落日西去
余霞满天、一个辉煌的告别
一个灿烂的回忆
留给所有的江河和大地

是阴天，看朦胧渐近
世界远去、不再是一种清晰
思绪不再安宁、任凭风吹洒
向夜处深深、一任无际涯

是雨天，下着的雨是一种倾诉
从遥远的天际、告诉你一千种爱
不要紧迫，不要畏惧、不要依恋、不要决定
去的终究归去、来的终来

是雪天，最是一种寂寥
白色、白色、纯洁的想象一任飞翔
天地间仍是一种默契
成一种景观，不在有分别的界限

无题（其二）

尝尽人间甘苦吗？
我的舌苔依旧
如三月杨柳的嫩梢
一触及你的风
就飘然成一片浓荫

而即使成冬青
成苦楝
也总是那么真诚
为什么要爱得那么苦
那么苦
只有你知道

1987.3.15

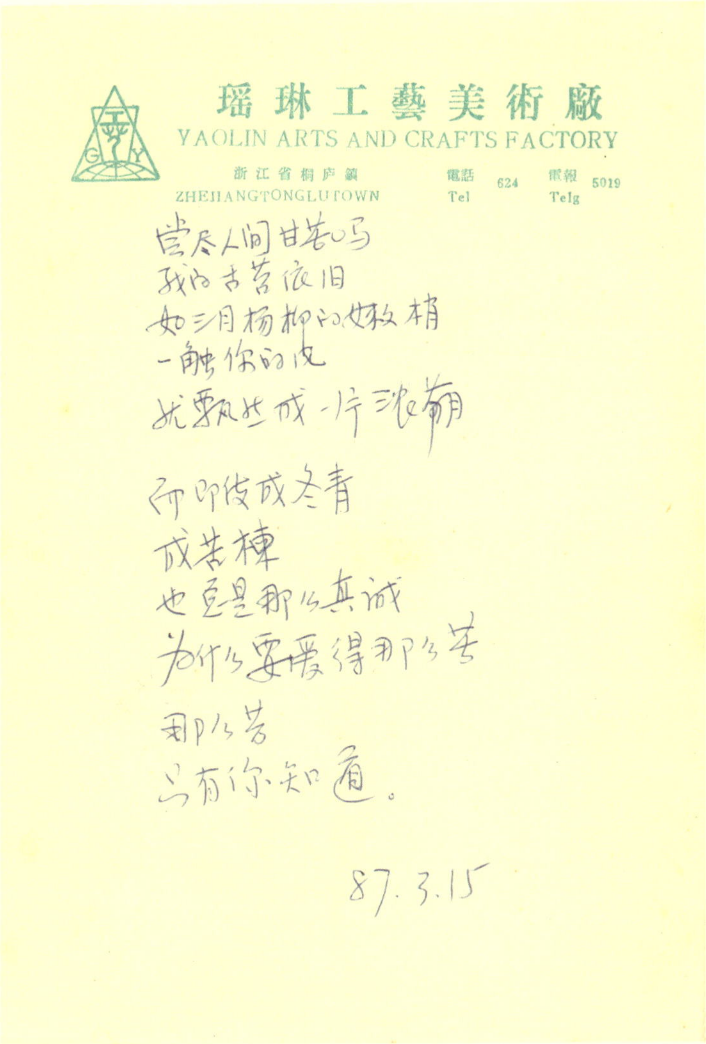
瑶琳工藝美術廠
YAOLIN ARTS AND CRAFTS FACTORY
浙江省桐庐鎮
ZHEJIANGTONGLUTOWN
電話 624
Tel
電報 5019
Telg

尝尽人间甘苦吗
我的古苔依旧
如三月杨柳的嫩梢
一触你的皮
就飘然成一片浓荫

而即使成冬青
成苦楝
也总是那么真诚
为什么要爱得那么苦
那么苦
只有你知道。

87.3.15

路灯和我

凌晨三点
火车票醒来，上车时刻不远
路和雨在交谈，语言闪烁
路灯站在两旁，发出自己的颜色
也许笑我，总是匆匆，没有自己的固定
犹如落叶在空中，我有飘忽之感
但我还是向前走
路灯各有各的颜色，我尚未领略
雨中，一种闪烁，一种语言
公共车从子夜驰过来
载我去黎明
路灯，你和我，无论熟悉和陌生
便只有在心中握手

1987.5.21.晨于上海西藏中路

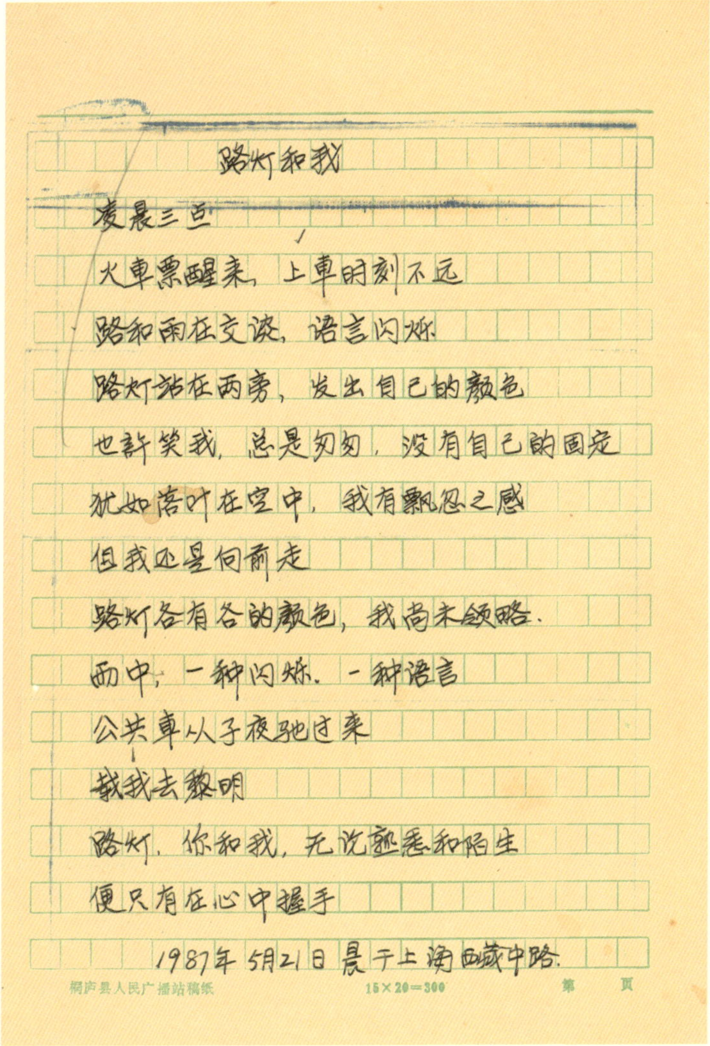

路灯和我

凌晨三点

火車票醒来，上車时刻不远

路和雨在交谈，语言闪烁

路灯站在两旁，发出自己的颜色

也許笑我，总是匆匆，没有自己的固定

犹如落叶在空中，我有飘忽之感

但我还是向前走

路灯各有各的颜色，我尚未领略。

雨中，一种闪烁、一种语言

公共車从子夜驰过来

载我去黎明

路灯、你和我，无论熟悉和陌生

便只有在心中握手

1987年5月21日晨于上海西藏中路

桐庐县人民广播站稿纸　15×20=300　第　页

日子

顺着甘蔗梢走过来的日子
沿着树轮圈张大的日子
随着山岩永远沉默的日子
跟着河流一直奔流的日子
阴晴圆缺的日子
春夏秋冬的日子
日子呵日子
所有的日子
都在同一个日子开放

1987.7.15 夜十一时

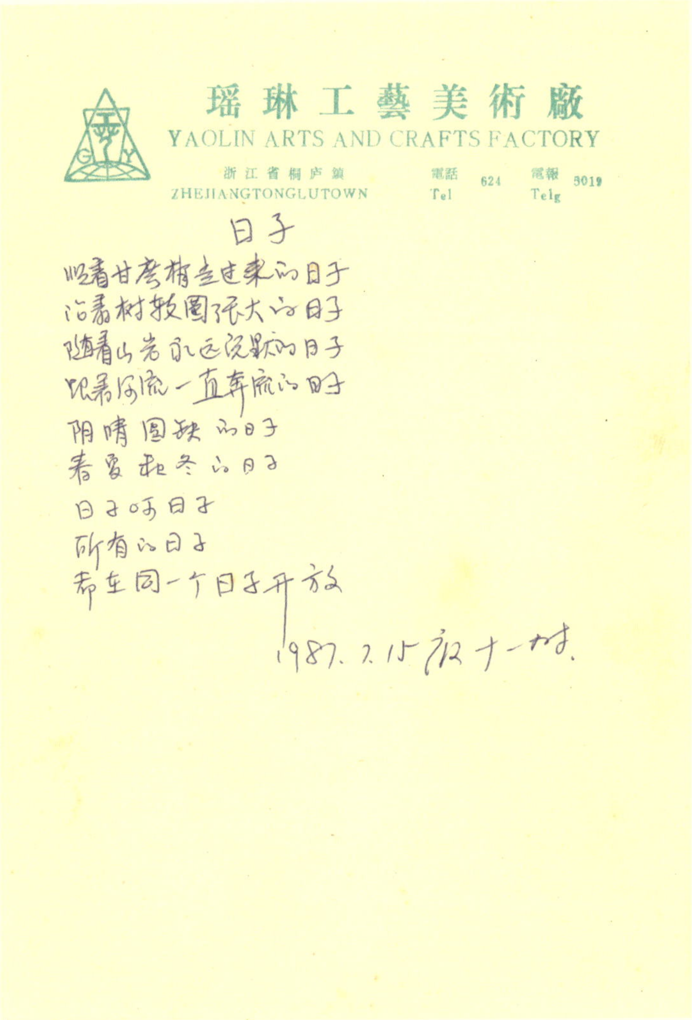

瑶琳工藝美術廠
YAOLIN ARTS AND CRAFTS FACTORY
浙江省桐庐鎮 ZHEJIANGTONGLUTOWN
電話 Tel 624 電報 Telg 3019

日子

照着甘蔗拔节过来的日子
沿着树轮圆了长大的日子
随着山岩永远沉默的日子
跟着河流一直奔流的日子
阴晴圆缺的日子
春夏秋冬的日子
日子呀日子
所有的日子
都在同一个日子开放

1987.7.15夜 十一村

路灯

路灯不亮
足以看清道路
每夜我借你的光
走在下班后归宿的路上

其实，我没有下班
该是你这盏灯
照着我的路
走在深夜的路上

1987.9.3 夜十二时

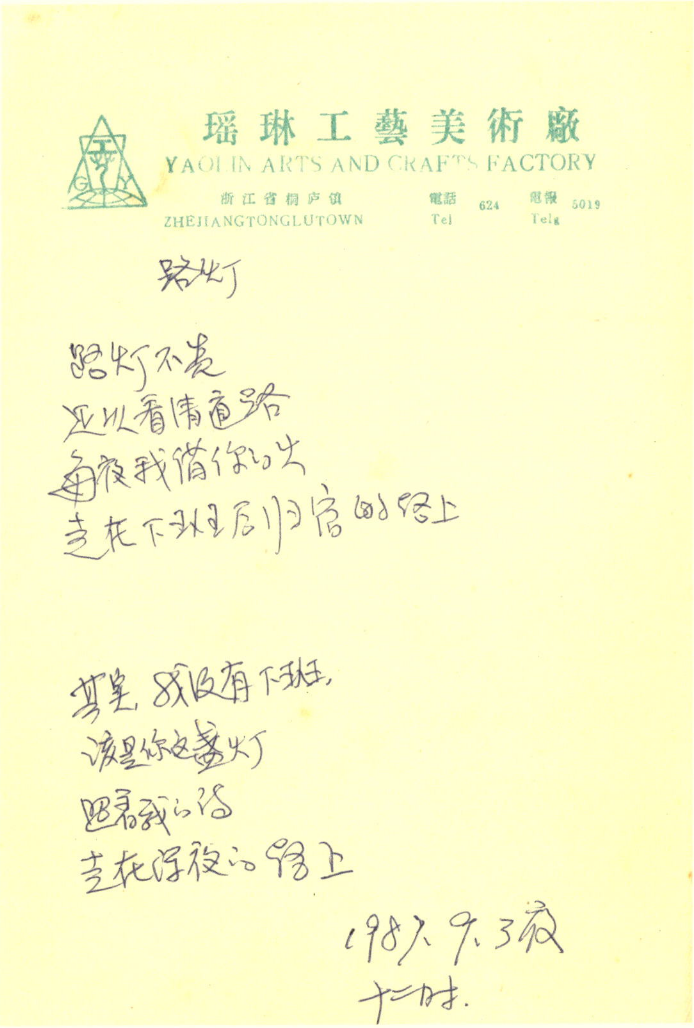

瑶琳工藝美術廠
YAOLIN ARTS AND CRAFTS FACTORY
浙江省桐庐镇 電話 624 電報 5019
ZHEJIANGTONGLUTOWN Tel Telg

路灯

路灯不亮
足以看清道路
每夜我借你的光
走在下班后归宿的路上

其实，我没有下班，
就是你这盏灯
照着我的路
走在深夜的路上

1987.9.3夜
十二时.

邂逅

不是孩提时大年三十的压岁钱
抑或正月初一去外婆家拜年
不是高考揭榜
不是盼望和瞻望
原是一种平和的希冀
在岁岁、年年、时时里

原本让人心跳的激动
一生一世只有一次

1987.12.14 夜
1988.3.27 日夜抄

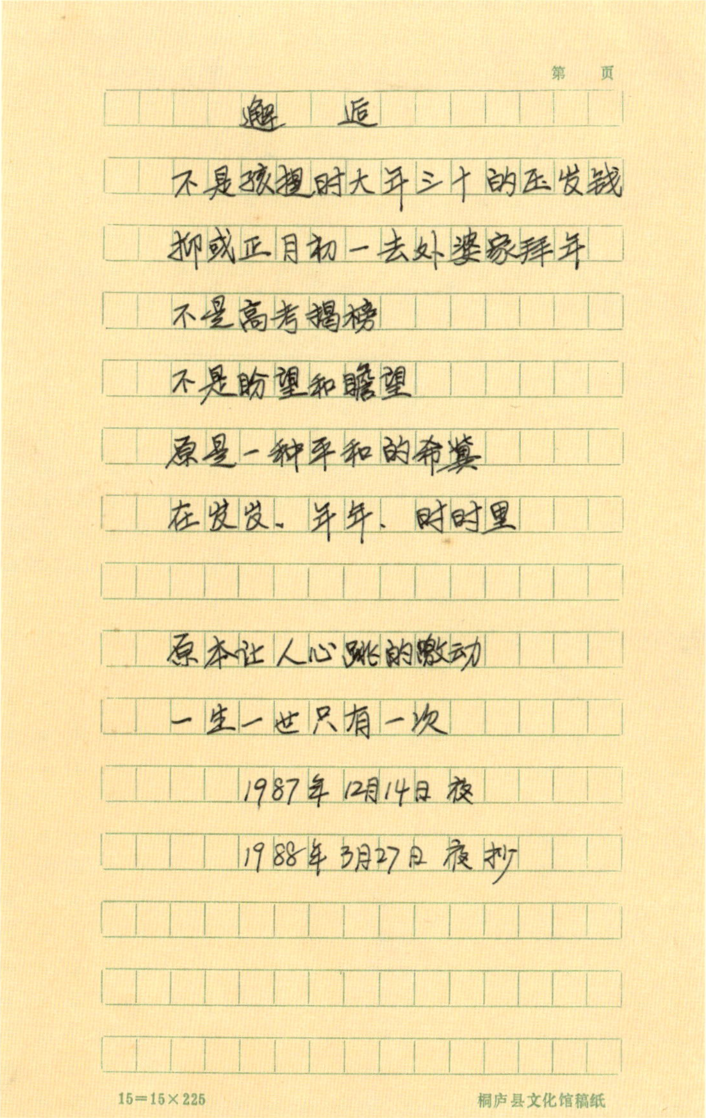
第　页

邂逅

不是孩提时大年三十的压岁钱
抑或正月初一去外婆家拜年
不是高考揭榜
不是盼望和瞻望
原是一种平和的希冀
在岁岁、年年、时时里

原本让人心跳的激动
一生一世只有一次

1987年12月14日夜
1988年3月27日夜抄

15=15×225　　桐庐县文化馆稿纸

历程

——写在“彩鸟”杯新诗大奖赛颁奖之际

任何一种历程
都是一种语言

雕刀从木纹走过
针脚从皮张走过
药液从试管走过

这，就是一九八八年七月十七日
富春江边桐庐工艺美术厂
雕刻（而成）的彩鸟飞过重洋
裁缝（而为）的皮衣使人潇洒
配制（而至）的防感冒香液给人健康

这，就是一种历程
从历史的弦上走过
无论沉郁
抑或悠扬

1988.7.2

彩蝶标本

三百六十五个太阳
美丽成两瓣五色的花瓣
从雨后的虹中走来
从翠绿的森林走来
从晨雾和晨曦中走来
多少向往和憧憬
多少飞翔的追求呵

而今，你静静地停息了
把太阳的遗嘱呈现在遗体上
一种定格
写在永恒里

1988.7.24 于上海

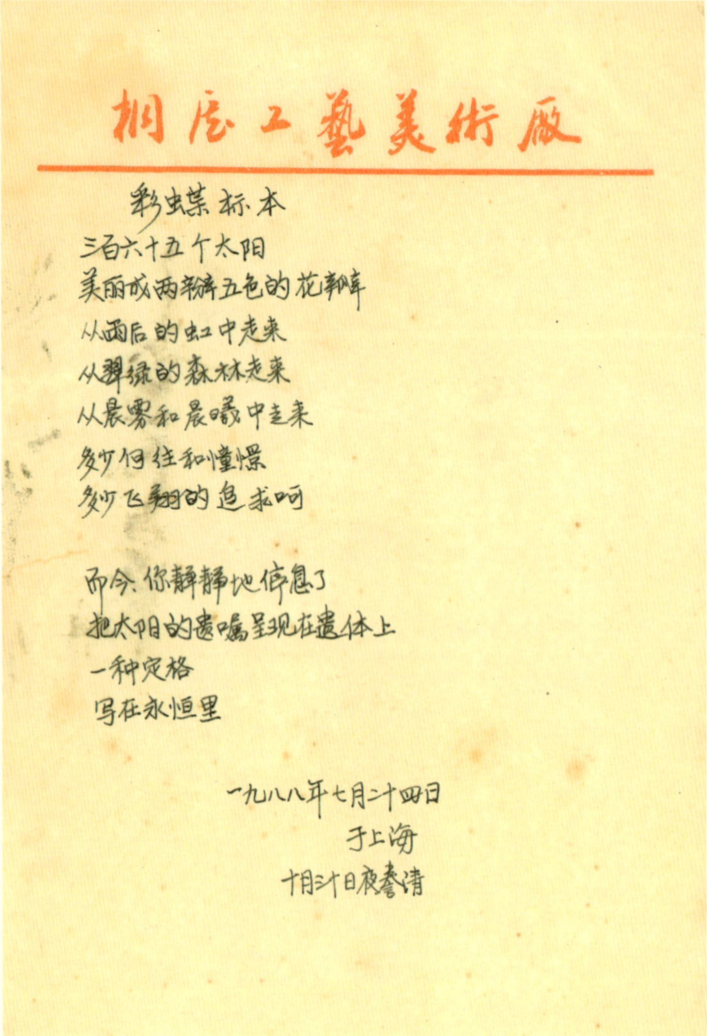

桐乡工藝美術廠

彩蝶标本

三百六十五个太阳
美丽成两瓣五色的花瓣
从雨后的虹中走来
从翠绿的森林走来
从晨雾和晨曦中走来
多少向往和憧憬
多少飞翔的追求啊

而今你静静地停息了
把太阳的遗嘱呈现在遗体上
一种定格
写在永恒里

一九八八年七月二十四日
于上海
十月卅日夜誊清

和清茶交谈

是茶叶吗？
清清的脉络中
流出清香
那是山的醴泉

我知道泥土
和泥土中生长的茶叶
一瓣一瓣
在那水中开放

茶从我的唇边
滋润我的喉
我的心
与我心交谈

1990.7.26 夜

谢幕

所有的演剧
都在这最后的谢幕中
结束

十年，很长
亦很短
无数的颜面
都已看透

不需要什么言语
也不需要姿势
在这最后的谢幕中
我仅仅只是
尊严的微笑

1996.8.16 晚
于厂长办公室，抽一支“西湖”烟

无题（其三）

我总觉得诗歌与我前生有缘
为什么我从童年至今一直热爱
也许诗歌是一只圣母圣杯
里面可以盛放无数的苦难
或许是我祖先遗传的基因
只是在我身上更有了一些特征
要么就是我天生爱憎分明
对丑恶和善良特别敏感
总之，我喜欢上了诗歌
好像我喜欢自己一样

2003.6.7

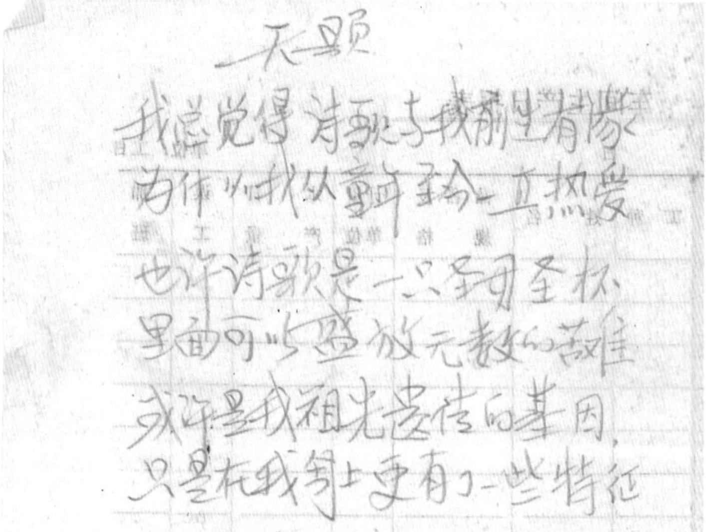

无题

我总觉得诗歌与我前生有缘
因为我从童年至今一直热爱
也许诗歌是一只圣杯
里面可以盛放无数的苦难
或许是我祖先遗传的基因
只是在我身上更有一些特征
要么就是我天生爱憎分明
对丑恶和善良特别敏感
总之 我喜欢上了诗歌
犹如我喜欢自己一样！

叶小平
2003.6.27 下午

除夕

我想飞
我想唱
一散胸中一年的累积
犹如那冲天的炮仗
在那半空中炸响

亦如静思
伏如冥纸
任岁月的火焰
一丝一丝地侵蚀
走向更深远的地方

这招摇的鸣响
这如丝的游思
在这大年除夕
一年
又一度

2017.1.27 日于牛山坞

真想

我真想去走遍这个小镇
找一个能陪我
谈天一个晚上
喝一个晚上酒的人

2017.2.28

温哥华

我仿佛看见
那些印第安人的灵魂
在这阳光明媚的下午
白雪一样耀眼地来到街心

因为，这是其祖先跋涉过的
泥与土、石与山、水与土
一起曾经舞蹈
而今，而今却沉寂无声了

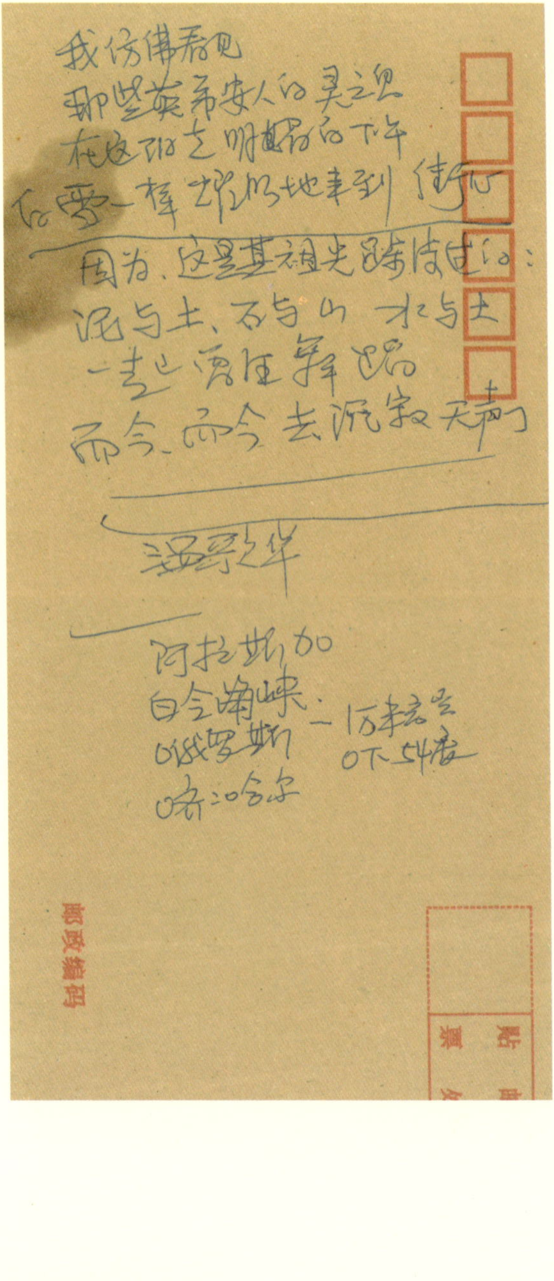
我仿佛看见
那些英第安人的灵之魂
在这班文明世界的下午
像雾一样悄悄地来到 街心
因为、这是其祖先踩踏过的：
泥与土、石与山 水与土
一起一起留住舞蹈
而今、而今 去泥叙天初
温哥华
阿拉斯加
白令海峡、
俄罗斯
哈尔滨
一万来年至
0下54度
邮政编码
贴票

关于诗人

所有的诗人
都是读过很多书的人
所以我不是诗人
只是喜欢诗而已

读了小学五年级
那可不是光荣
而是事实
胜于雄辩

但这并不能阻挡我
有思有想
想了就想写
尽管写出的不一定是诗

2017.2.28

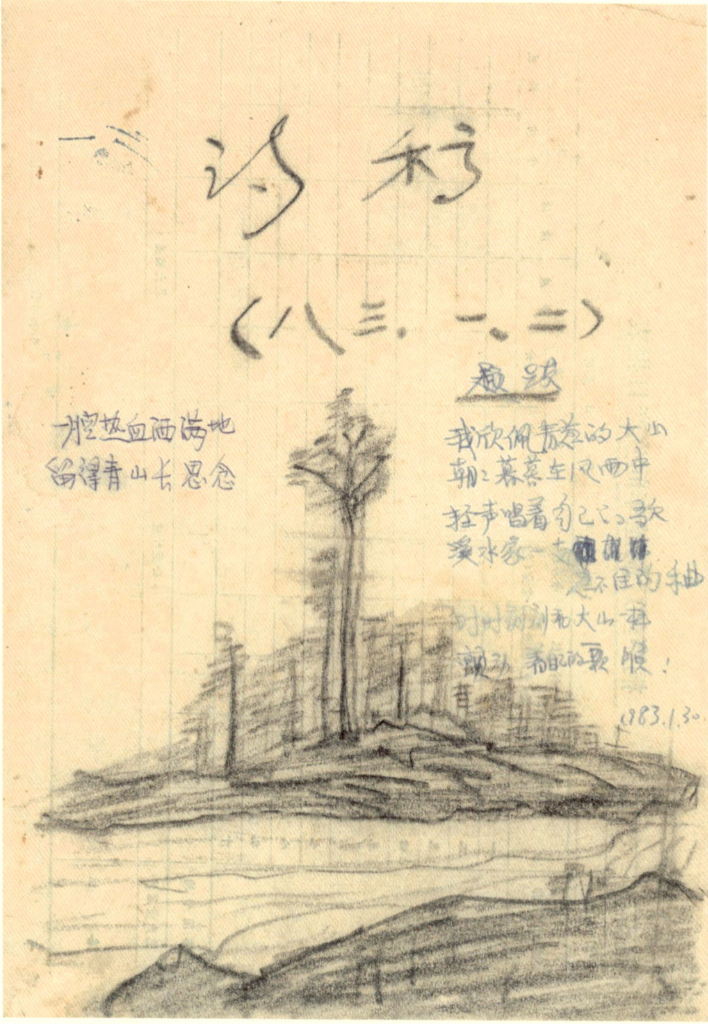

父亲的诗稿，好多都是用烟盒、表格纸订装成的本子。父亲会为每个本子制作一个独一无二的封面，标注日期并画上一点图画，像一本书一样

师说及其他

我是一个叙利亚
沙漠中的蚂蚁
特朗普的导弹
我不认识

也不知，何时，谁的手
会喷来化学毒剂
我活着与死去
沙漠依旧吗?

其实地球——星球
不都是一样吗?

2018.4.18

酒的沉默

1

瓶里的酒是沉默的

沉默是酒的秘密

我也许不应该

在此说穿

2

我知道那些高粱、玉米黍

包裹着太阳的嘱咐

和大地温暖的寄托

多少的晨昏与长夜寂寞

3

看过多少风

见过多少雨

最后个个如

山间的老僧

圆润而沉默

4

也有一些思想的发酵

蒸、煮，而不烂

挤压而不屈

最后凝成那清澈的烈液

5

终于成为酒

但仍然是沉默的

在瓶中的酒

但只要开了口

就有很多话想说

6

酒是沉默的

但终有一天会开口

那是什么话语

沉默者会告诉你

2018.7.8

酒的沉默

开瓶之后

① 酒是沉默的
沉默是酒的秘密
我也许不应该
在此说穿

② 我知道那些高粱
玉米、包充满太阳的嘱付
和大地温暖的寄托
熬多少的晨昏与长夜寂寞

③ 看过多少风
见过多少雨
最后个个知
山间的老酒
风润而沉默

④ 也有一些困惑的发酵
蒸、煮、而不烂
挤压而不屈
最后炼成那清澈
的烈液

⑤ 终于成为酒
但仍然是沉默的
在瓶中的酒
但只要打开口
其实也有很多话要说，

⑥ 酒是沉默的
但总有一天会开口
那是什么话语
沉默者会告诉你

叶小平
2018.7.8

关于朦胧诗

仿佛是一阵风吹过
拂动了草叶的心
又似一场雾
那雾中有美丽的花

更像一个心爱的情人
想说出一句话
却一直没有说

2019.1.11
于迎宾路寓所

除夕有感

多少岁月纷至沓来
多少的朝代
升起又降落了

又有多少的风雨日丽
将列队而来

握别与迎来
刹那是永恒

偶然想起
犹如闪电划过长空

2019.2.4

生活

生活犹如一辆车
沿途总有很多风景
犹如蜜蜂在黎明
不知飞向何方
但总会采一些蜜

飞翔是蜜蜂的本质
她永远不会觉得劳累
蜜与蜂也许前世就有默契
只是我们不知其中的奥妙

2019.2.20

附 录

永不褪色的记忆

（代自传）

来到人间

我家世居富春江畔桐庐镇，为避倭寇之祸，举家逃往九岭山里。孩提时常听祖父祖母讲述桐庐的美丽风光，以及祖传的老屋被日寇炸毁的惨景。我生于一九五七年十一月间[①]，出世的前一天，母亲还在为一群农村小孩上课，父亲在千里之处的江苏淮阴任导演。我有五个姊妹兄长，我排行第四。

会写自己的名字

无忧无虑的岁月过得特别快，至今我还记得赤脚走在故乡的泥路上是多么愉快。有时，独自一人成半天地蹲在溪边的石头上，看水中游来游去的石斑鱼。八岁，我上学了，高年级学生手把手教我写字，真感到别扭，不久，也就自己会写自己的名字了。也懂得了生产队分红方案上我家“倒挂”数字的含义。

① 奶奶讲爸爸出生于一九五六年农历三月初七，爸爸身份证出生年月为一九五六年十一月。——叶梦雨注

走向生活

那时，祖父祖母都健在，他们是很勤勉的，家规也很严，诸如：吃饭时不准随便说话；菜要从自己身边一面搛，更不能挑来挑去；大人谈天，小鬼不得插嘴。记得生平唯一一次挨母亲的“栗壳子”①是因为我捡了邻家被风吹落的桃子吃。在和我们的祖国、我们的民族一起遭受的那次厄运中，念小学五年级的我，被赶出了学校，公社还特地为我开了一个盛大的批判会，我被戴上“新生反革命”的帽子（直至一九七八年公社副书记带着档案袋到我大队来“平反”）。而罪名只是在当时作为教科书的《毛泽东选集（甲种本）》空白处写了一句“为保卫书籍而斗争”，不记得是从哪本书上看来的。而事实上，我家有许多书被红卫兵“横扫”而去，连同我那本心爱的连环画《狼牙山五壮士》。

面向一切

那年我才十二岁，父亲在千里之外受批挨斗，也不知道他日子怎么过的。当了十五年小学教师的母亲带着全家下放农村后，上有祖父祖母，下有我们这班紧挨着的密匝匝的五个兄弟姊妹。如果说经济困难仅仅给人造成饥饿的恐慌，政治黑暗则可以置人于死地。由于家庭的原因，我失去了在校学习的机会和权利。那年月，多少有识之士都被乌云遮得天

① 桐庐土话，用手指关节敲脑袋。——编者注

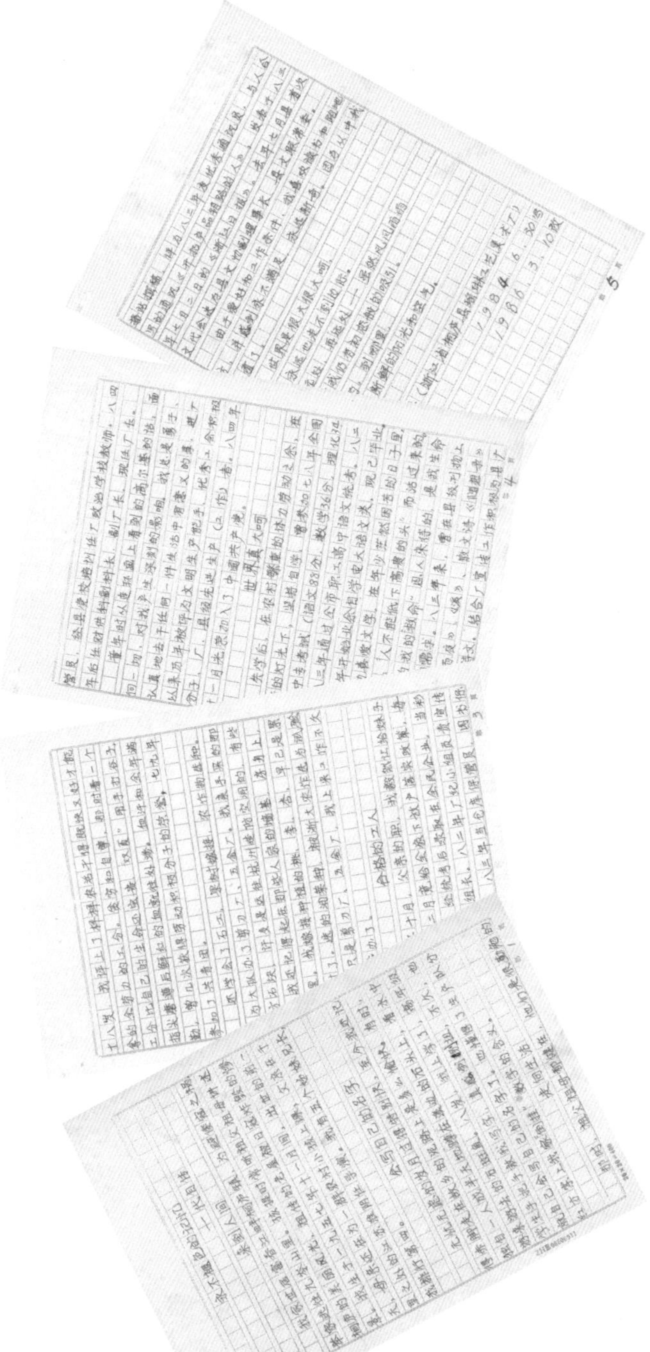

父亲自传的手稿

昏地暗的现状所征服而死于非命，我，一个幼稚的少年，是多么地凄苦、迷茫啊。没有光明，没有导师，没有前途……但我永远不会忘记，一九七四年的一月二十五日，农历正月初三，我步行十五里去外婆家拜年，中饭后又步行十里路去县城，在新华书店里，用身边仅有的四角钱买了连环画《童年》《在人间》《我的大学》。我知道了，有那么一位大作家名叫高尔基，他的童年非常不幸，但他没有丧失信心，他在艰苦的劳动中还看书学习，对生活充满了信心。将高尔基的生活与自己相比，我觉得自己有了希望。特别是高尔基生日那天，工场里为他举行的庆祝会，日哈列夫致词中对高尔基的评语："你对万事从不背过脸去，总是面向一切，这样很好，你要永远这样。"这句话，我感触特别深，并在内心处处以高尔基为榜样。面向一切，竟成了我心中的座右铭。

标准的农民

失学后务农，压迫和歧视养成了我倔强的性格，十二三岁起，我渐次学会了各种农活：犁、耙、耖……十六岁后到上抽工作的那些年，在那有五十多个劳力的生产队，插秧我是最快的。我具备了农民的品质：勤劳、坚韧。十八岁，我评上了样样农活干得既快又好才能拿的全劳力的工分。贫穷和自尊，使我那时看一个工分比自己的生命还宝贵。"双夏"用手打谷子，指尖磨薄后鲜红的血就往外渗。血汗和全年满勤，曾几次让我获得了劳动积极分子的荣誉。一九七九年我参加了共青团。

我还学会了石工、果树嫁接、农作物选种，还为大队办了剪刀厂、五金厂。我亲手采的那些方石块，许多是运往杭州造防空洞的，有些至今我还记得起在哪些人家的墙基、房身上、墓地里。我嫁接种植的桃、李、杏，早已是累累满树了。我选的油菜种，被浙大农作选为试验品种。只是剪刀厂、五金厂，我上来工作不久后，就停办了。

合格的工人

一九八〇年十月，父亲的职，我毅然让给妹子去顶了。十二月竟给全家下放户落实政策，每户可抽一个。我经统考后被录取在全民企业，当彩绘工人，后任组长。一九八二年在厂纪小组负责宣传和搞工会工作，第二年当仓库保管员、图书保管员，后经县党校培训，任厂政治学校教师。一九八四年后任财供科副科长、副厂长，现任厂长。

童年时从连环画上看到的高尔基的话“面向一切”，对我产生了深刻的影响。我总是勇敢而认真地去干任何一件生活中有意义的事，进厂以来历年被评为文明生产能手，优秀工会积极分子，厂、县级先进生产（工作）者。一九八四年十一月我光荣加入了中国共产党。

世界真大呵

当年失学后，在农村繁重的体力劳动之余，我在昏暗的灯光下，坚持自学，曾参加一九七八年全国高中中专考试（语文 88 分，数学 36 分，理化 34 分）。一九八三年通过全市职工高中语文统考。一九八二年下半年开始业余自学电大语文类，现已毕业。

我自幼喜爱文学，在年少茫然困苦的日子里，总是默念着“人不能低下高贵的头”而活过来的。我把诗作为我的“救命恩人”来对待，诗是我生命中自然的需求。自一九八三年来，我曾在县级刊物上发表短诗《雨夜》《溪》、散文诗《随想录》等十几首（篇）诗文。我结合厂宣传工作，积极为县广播站撰稿，被评为一九八三年度优秀通讯员。与人合写的通讯《开拓产品销路的人》，发表于一九八三年七月二日的《浙江日报》。去年七月县首次文代会上，我被选为县文协副理事长、县文联常委。

由于爱好和工作条件，我喜欢读书和跑地方，并感到永不满足，永远新奇。因为从中我知道了：

世界是很大很大呵，
永远也走不到边际。
远处、再远处——虽然风风雨雨

对我仍有初恋般的吸引。
因为，到哪里，
都有新鲜的阳光和空气。

叶小平
于浙江省桐庐县瑶琳工艺美术厂
1984.6.30 写
1986.3.10 改

梦雨补记

“面向一切”，在我脑海中是有声音的。在我还很小的时候，爸爸与我谈天时就经常谈起高尔基的三部曲，他会大声朗诵出这句评语——“你总是面向一切，这样很好，你要永远这样！”爸爸是那么声情并茂，以至于出生在江南小康县城的我，虽然不能完全懂得爸爸童年的艰辛，也为爸爸从文学中获得的这种巨大的力量而深深感动。

直到读到爸爸写的这篇《面向一切》，我才似乎明白了爸爸这句座右铭的重量。我才明白了爸爸为什么总让我勤奋学习，收藏一切学习资料，连报纸都不肯扔；才明白了爸爸为什么始终热爱劳动，热爱耕种；才明白了爸爸为什么总在观察生活，记录生活。

我明白了爸爸为什么总让我勤奋学习。在那段不幸的岁月里，爸爸在十三岁的年纪竟失学了。原本是最用功、名列前茅的孩子，却偏偏被剥夺了学习的权利，只能眼看着别家的孩子背着书包去上学，而自己却要凌晨三点起床，去割稻、打石头、种果树，一干就是十年。十三岁到二十三岁，爸爸的少年是在劳动中度过的，“没有导师，没有前途”，一个人的命运因此而全然改变了——因为爸爸没有一个可以专心学习的童年。

学习是艰辛的，但爸爸无论是在辛勤劳动之余、经济大难之时，还是在病中疼痛时，都仍然坚持学习，每天读书、读报、写日记。爸爸说，学习本身是一种乐趣。

我明白了爸爸为什么热爱劳动，因为劳动是爸爸的童年。爸爸工作很忙，但仍经常去双溪村爷爷奶奶故居。我放假回家时他都会带我去，走走田埂，听听鸟鸣。走到一处，爸爸会停下来，用手抚摸着田埂的石块说：“你看，这个石头是爸爸以前打的。”会给在北京的我寄去一箱杏梅，告诉我：“这是爸爸早年种的果树结的果子，你吃吃看。”

劳动是艰辛的，但爸爸从来没有抱怨过。他一生热爱劳动，热爱农村，热爱耕种。爸爸冒着暴雨和烈日去培土、浇灌、精心种植的菜蔬，在他离世后几个月还供应着我们的餐桌。

我明白了爸爸为什么总是对生活有那么多感想，因为他总是在观察世界。生活是艰辛的。爸爸说，我们把世界看得太重，以至于一粒泥沙仿佛都是生命。爸爸观察世界，记录凌晨工厂的鸟鸣、溪水的流动、劳动者的奔波，在纸片上写下不指望谁去阅读的诗。

2023 年 2 月

写在爸爸的诗后面

（代后记）

叶梦雨

我的爸爸叶小平是一位平凡的劳动者，经营一家工艺玩具厂四十多年，其间爸爸搬了三次厂，厂里有许多个纸箱原封不动地保存着，爸爸不让人动。

二〇二三年元旦父亲病故，我们整理厂房时，把这些纸箱打开，原以为里面只是样品和布料，但一一打开后，才发现还有爸爸从八十年代开始写下的日记、稿纸、随感，四十年来的每一期《诗刊》《世界文学》《读书》，以及我从小到大送给爸爸的贺卡、明信片、图画……

化雪的冬天，在寂静的厂房里，我像开盲盒一样不断发现，如同置身大型考古现场，每天都发掘出不同年代的日记本和旧稿纸。我发现的第一页诗稿，是被爸爸精心收藏在一个文件夹里的《想念》："想念的手很长很长，能摘任何一个幸福的果。"这是我第一次读到这些泛黄的旧稿纸。回忆的闸门由此打开，很多细节纷至沓来。

我在整理父亲手稿，2023 年 5 月

爸爸出生于一九五六年，小时候全家被下放到浙江桐庐罗溪村，十三岁失学进入生产队务农。在繁重的农村劳动之余，他刻苦自学，二十四岁考进国营工艺美术厂，成为一名彩绘工人。二十九岁，因为工作表现积极，他被推选为厂长。业余通过刻苦学习，他拿到了电大中文系文凭。后来国企改制，四十七岁的爸爸创办了自己的工厂，起早贪黑，全年无休。不论多忙，他每天都要抽出时间来看书、写日记，直到六十六岁因病去世。

爸爸一生当过农民、工人、厂长，留给世间一份平凡的履历。但他的人生是充实有力的。在给《诗刊》编辑部的信中，他写道："我没有虚掷过光阴，无论是挥汗如雨的田间劳作，还是夜深人静时的业余攻读……我总是满怀欢喜，以一个勤劳的农民的态度来对待生活。"

爸爸的外表是"浓密的自然卷发，不修边幅的衣着，沉着的步伐"，他说自己是"标准的农民""合格的工人"，做的是汗流浃背的体力活，很多熟悉他的朋友都不知道他热爱文学，竟然还会写诗。爸爸每天早出晚归，赶工交货的时候连睡觉的时间都没有，但他每天还要挤出时间来读书、写作。我总觉得爸爸好有毅力啊，但并不理解诗歌对爸爸有多重要。我总记得，爸爸拿着一本诗集走过来说："梦雨你看哦，这首诗写得好嘛——"爸爸念诗时，抑扬顿挫，大笑一声说"哈哈！写得好嘛？！哇——写得真是好啊！"这时爸爸的嘴角上扬，眼睛亮晶晶的，一种沉浸在文字世界里纯粹的快乐——这是爸爸在我脑海中最深刻的画面。

爸爸是一个认真生活的人。他珍惜生命的每分每秒，他说：“清晨当你睁开眼时，世界就属于你了。”他又说：“写作，是我们观察世界的一种方式。我写作是为了时光流逝使我心安。”读了爸爸的诗稿，我才懂得原来诗歌不仅是爸爸的爱好，更是爸爸的需要。诗歌曾陪伴爸爸度过最艰难的日子。他曾说：“诗是‘救命恩人’，是生命中自然的需求。”小学五年级失学，他是心中默念着“人不能低下高贵的头”而挺过来的。他白天干农活、跑供销，晚上在昏暗的灯光下拼命自学。“自学是艰苦的，但一想到农村的劳动什么也就不苦了，车厢、旅店都是自学的场所。因为流汗没有规定的地方。”爸爸这样写道。年少困苦迷茫的时光里，爸爸被诗歌鼓舞，有勇气去面向生活的艰辛：“背一只褪了色的军用挎包，里面放一些合同订单外加几本泰戈尔或艾青的诗集；穿一双满是泥巴的大头胶鞋，以农民特有的憨厚和纯朴，信心十足地去闯荡陌生世界。”爸爸的语言是从诗歌中习得的，纯净、朴素、温柔；爸爸的价值观是诗歌塑造的，总是追求真善美。就像爸爸在给《诗刊》编辑部的信里所说：“诗，是我的老师；诗使我知道该怎样做人。我要用一生的行动报答她。”

父亲的部分手稿和日记

爸爸深知诗歌的力量，总想把这力量传递给我。从小，爸爸都是用诗的方式教给我的道理。他告诉我勤奋付出一定会有回报——“我相信大地不会欺骗种子，阳光走过的地方，花草总是茂盛”；他告诉我人生中专注治学的时光十分珍贵——“一路走去，不要为旁边的花草逗留，最好的风景在山顶”；他让我戒除浮躁静心学习——“老虎总是独来独往的，只有狐狸才成群结队”；他安慰受挫失落的我——“我是一只蜗牛，人们毫不理睬地从我面前经过，但是我呀，有不被理睬的快乐。”当我因为不被他人理解而伤心委屈时，他告诉我：“我以溪流般的心情寻找友谊，而溪流碰到的却是礁石。”当我在北京工作，不能回家过年但十分想家的时候，爸爸给我写信说：“此心安处是吾乡”……回忆起来，这些诗带着爸爸明朗的笑容和桐庐口音的普通话，而诗中奇妙哲理可以让一个孩子记得很久。

我从小知道爸爸喜欢诗歌，却不知道他原来一生都在写诗，其中还有许多是关于我的；更不知道爸爸的日记原来每天每页都是我。有人说，当自己能进入别人的文字就如进入别人梦乡一样幸福。而当我发现我在爸爸生命中的重量超乎想象时，他却已经不在了，我也不可能再跟他聊聊了。

带着沉重的遗憾和震动，我在二〇二三年二月初开通“坚固的石桥”公众号，把爸爸的文字和我的回忆写进这里。因为我和爸爸不会有新的回忆了，对我来说，这是一种延续与爸爸的回忆的方式。三月，中国诗歌网以“读者来信”的形式转载了我的《爸爸为我写的散文诗》一文，打动了许多诗友，有人留言：“叶小平的一生便是一部未竟诗集，他的女儿是诗集中最动人的一首”；“人当是如其字，正直、清白……”

现在，诗歌成了我与爸爸之间坚固的石桥。我读爸爸收藏的诗集，整理爸爸的诗稿，替爸爸参加了富春江诗歌节，为爸爸出了这本诗集，延续爸爸关于诗歌的梦想。爸爸的诗稿在厂房清理的过程中曾丢落在回收站，找回来的只是一部分，我曾痛心后悔。但也许爸爸的诗，在被写下的那一刻就已经完成了它的使命，那就是表达。

于是我懂得了诗歌和文学是可以属于每一个人的，无论什么职业，无论多么平凡。爸爸是一个普通人，却能一生从诗歌中获得力量和滋养。这是我的爸爸叶小平——一个勤奋的厂长，一个纯粹的诗人，一个温柔的爸爸——给我的启示。

感谢人民日报的石畅老师、中国诗歌网的金石开老师的共情和支持，让爸爸的诗被更多诗友看到；感谢《诗刊》主编李少君老师、《世界文学》原主编高兴老师、浙江大学江弱水教授，让我与诗歌多了一层缘分；感谢我的朋友和天南海北的网友，他们的暖心关注陪伴我度过想念爸爸的时时刻刻。

特别感谢舒羽老师。我与她有缘因爸爸的诗歌而相识，她告诉我“作为诗人，一眼便能识别，您的父亲是一个真正的诗人”，因为她的帮助和实践，爸爸的诗歌梦想成为现实。

谨以此书，感恩父母，并献给每一位认真生活的人。

2024 年 11 月